集英社オレンジ文庫

うちの社長はひとでなし!

～此花めぐりのあやかし営業～

ゆうき　りん

本書は書き下ろしです。

うちの社長はひとでなし

～此花めぐりのあやかし営業～

1

ハロウィンの夜——控え室のドアを開けためぐりは、目の前の光景に固まった。

今夜のパレードは、二十八を前にフリーター生活におさらばして正社員となり、仕上げだけとはいえ、ようやく営業企画として初めて一人で任された仕事。

だというのに。

（ええと……）

狸（たぬき）、だった。

いや、それはおかしくない。

イベント企画会社『10（テン）グーロウ』は、狸を雇ったのだから、控え室に何十匹も狸がいるのは、ちっとも変なことじゃない。むしろ当たり前。

問題は、どうしてまだ、狸の姿のままなのか、ということだった。

めぐりの勤める『10グーロウ』は、様々なイベントを企画、実行する会社だけれど、社員は四人。イベントの実行には、外の人間を雇う。

人間——というか、妖怪を。

今夜の主役は、社長が声をかけて全国から集めた、化け狸。

だから、控え室に狸がいるのはおかしなことではない——のだけれど。

狸のまま、くつろいでいる。

狸のまま酒を呑んでいる。

仕出しの弁当を食べ散らかし、ゲラゲラと笑っている。ぽこぽんと腹を叩いている。そうして、誰一人——いや、誰一匹、まだ、化けていない。

パレードが始まるのは、十五分後だというのに！

（そうよ、十五分後！）

めぐりは、我に返った。

（固まってる場合じゃない！）

折れそうになっていた気持ちを立て直し、めぐりは、すう、と息を吸い込んだ。

お臍(へそ)の下辺り、丹田(たんでん)という場所に力を込める。

人でないものと口をきくならそいつを意識しろ、と社長に教わったのだ。

あの、ひとでなしの社長に。

めぐりは、ぱぁん、と掌を打ち合わせた——拍手(かしわで)を打つように。神様の気を引く効果があるくらいの作法だから、妖(あやかし)なら逆らえない。

案の定、狸たちはぎょっとしたように、手を、話を止めて、めぐりを振り向いた。

狸といえども相手は妖。思わず怯みそうになる。そこを堪えて、めぐりは丹田を意識しながら、ぐるりと彼らを見回した。

「みなさん、何してるんですか！　パレードはもうすぐですよ⁉」

はて？　と言わんばかり、狸たちが一斉に首を傾げる。

それだけ見れば可愛らしいと思えなくもないけれども、いまはそれどころではない。

「町内会の人たち、準備万端で待ってるんですから、早く化けてください！」

「おお、もうそんな時間じゃったか」

背中が丘のように盛り上がって、のっそりと一匹の狸が体を起こした。

さすがに怖い。

何しろ、その大きさは熊ほどもあり、どう見ても古い店先に置いてある巨大な信楽焼の狸にしか見えなかったからだ。

それが、顎鬚を撫でながら、そう口をきく。

腰に前垂れを巻き、『酒』と書かれた徳利と、大福帳というらしい古い帳簿を下げ、そして、どう見ても酔っている。

元はどこかの寺の住職だったらしいけれど、とてもまともなお坊さんだったとは思えない。

着ている物だってだらしない。

くたびれた着物の胸元ははだけ、今にも脱げてしまいそうだし、短い足の間からだらしなくはみ出している陰嚢が、いやでも目に入る。

人間だったらセクハラどころの騒ぎではない。犯罪だ。

けれど、相手は化け狸。

セクハラだからそれをしまってください、と言ったところで、人間の価値観など知るか、と一蹴されてしまうだろう。

相手が嫌がることはしない、という人としての原則が、彼らにはそもそも通用しない。しないどころか、人の嫌がることをして喜ぶのが大部分の妖怪の性分だから、いやだと言ったりしたら、ますますしてくる。

こんなぎりぎりまで狸の姿のままでいるのも、めぐりが困ったりうろたえたりする姿を見たいという本能に、逆らえないからだろう。

すう、とめぐりは深呼吸をした。気持ちを静めて、慌てた姿を見せないように。微笑んでさえみせる——ちょっと引き攣ってしまったけれど。

「さあさあ、急いでください！　何に化けるかは、事前の打ち合わせの通りに！　今日はハロウィンですから、夏休みのお化け屋敷気分を引きずらないでくださいね！」

「なんじゃあ、つまらんのう」

狸和尚が、固そうな髭を摘んで弾いて呟くのを聞いて、めぐりは胸の内で、よし、と拳を握った。うまくいった。嘘でも余裕を見せたのは正しかった。

「よぉし……皆のもの、仕事の時間じゃあ！」

酒臭い息を吐きながら狸和尚がそう言うと、

「へい、和尚！」

三〇匹ほどの狸たちが、威勢よく返事をした。狸和尚と比べると、大きさは大型犬ほどはあるけれど、それを除けば普通の狸たちだ。

人のように後ろ肢で立って、どこからか出した葉っぱを額に乗せる。

どろん、という音と共に狸たちの足元から唐突に煙が発生したものだから、控え室は真っ白になってしまった。

（あっ！　火災報知器！）

めぐりは、ぎゃー、と悲鳴を上げそうになった。

こんな煙を出したら火災報知器が作動して、パレードどころではなくなる！　小火騒ぎでイベント自体が中止になって、下手をしたら損害賠償を払わされる！

そこまで一瞬で考えて、めぐりは何でもいいから煙を散らそうと、傍にあったトレーをつかんだ。無駄かもしれないけれど、扇いで天井の煙を散らさなければ！

だが、杞憂だった。

普通の煙とは違うのか、火災報知器はうんともすんとも言わなかった。

よかった、とめぐりが胸を撫で下ろしたのも、一瞬。

晴れていく煙のベールの下から現れた景色に、

（なに、これ！）

と、めぐりは叫びそうになった。

山根古商店街から発注されたのは、皆が喜ぶハロウィンのパレードだ。

ヨーロッパ風の仮装をして、カボチャのランタンを手に手に商店街を練り歩きながら、腕に下げたバスケットから、沿道にお菓子をシャワーのように振り撒く。

それが、クライアントの要望だ。

けれども、目の前の光景はそれには程遠かった。狸たちが化けたのは、湿っぽいこの国の化物丸出しの、さまざまな妖怪だった。

――地獄絵図！

そんな言葉が唐突に浮かんだけれど、ぴったりだった。イヒヒ、ゲヘヘ、と不気味に笑うこんな化物たちに、お菓子を貰っても嬉しくはない！

「――ち、ちょっと！　それ、なんですか！」

めぐりは一番傍にいた、中華鍋を逆さに被った妖怪の腕から、籠をひったくった。

お菓子が入っていなければならないのに、中に入っていたのは、干からびた蛙、干からびたヤモリ、ただのゴミ、そうしたもの。

　ありえない。こんなもの貰っても、誰も喜ばない。

「ちょっと！　どうなってるんですか！」

　めぐりは籠を押し付けるように鍋頭に返して、一人そのままの狸和尚に向かって叫んだ！

「あらかじめ配るお菓子はお渡ししましたよね⁉　それはどうしたんですか⁉」

「ありゃ、食った」

　顎鬚を撫でながら、悪びれるでもなく狸和尚は答えた。

「く、食ったって――」

「まんまじゃや。あれこれとやかましい娘だのう……おまえも食ったろうか？」

　しいっと唸(うな)るような音を立てて、和尚は僅(わず)かに歯を剥(む)いた。様々な化物姿の狸たちも、瞳に緑色の焔(ほのお)を宿して、じっとこちらを見ている。

　めぐりは、ごくりと唾(つば)を飲み込んだ。

　膝(ひざ)から力が抜けそうになる。

　この仕事では、よくあること。人の身で人ではないモノに言うことを聞かせようとすれば、どうしたってトラブルは起こる。

「……『はろういん』いうのは、異国の化物が通りを練り歩く祭りじゃろう？　なら、そいつはまさに百鬼夜行じゃねえか。この国にも見事な『ぱれえど』があるところを、見せてやろうと思うてのう。そうじゃろう、皆の衆？」

おおお、と狸たちが声を上げる。

――ああもう、外に漏れる！

めぐりは必死に、しーっしーっ、と唇に指を当てた。

こんな奇声、誰かに聞きとがめられて中を覗かれたら、取り返しがつかない。面倒で費用がかかってもプレハブを建ててよかった。

「やめてください！　クライアントの希望はハロウィンパレードです！　お化け屋敷じゃないんですよ！　夏はとっくに終わりました！」

「黙れ黙れ！　人間の小娘風情が、佐渡の団三郎じきじきに化術を伝授されたこのわしに、意見するとは百年早いわっ！」

ただの声ではない。妖の放った怒気のこもった声だ。

妖怪が見えるだけで、あとはいたって普通のアラサーのＯＬでしかないめぐりは、金縛りにかかったみたいに固まって、どうすることもできなかった。

「……わかったようじゃな」

狸和尚は、狸の顔でにやりとした。ただ歯を剝いただけのようにも見えるけれど、確かににやりと笑った。

「では……わしらは、このまま『ぱれえど』に出発じゃあ！」

（ちょっとお！）

動けず、声も出せず、めぐりは心の中で叫んだ。

冗談じゃない。

こんな不手際、社長に知られたら、また怒られる！　罵られる！　ひとでなしに社会人（間）失格とか言われる！

けれどめぐりには、この化物行列を押し留める力も方策もなかった。平気な振りをしても、狸和尚にはもう通じないだろう。

せめてドアの前から動かず、押し潰される覚悟を見せるくらいしかできることはない、と思い決めたその時――。

「きゃ！」

背にしたドアが外に向かって開いて、めぐりは、すってんころりんと倒れてしまった。

仰向けのまま見上げた、その先には――。

「……なんだあ、この様は？」

（し、社長！）

いつ見てもどこか不機嫌そうな、細身のブラックスーツをどこかだらしなく着崩した男が、ズボンのポケットに両手を突っ込んで、首を傾げていた。

場の空気が、ぴりり、と締まる。

百鬼夜行は行進を止め、狸和尚のだらしなくたるんだ喉が震えながら、ごくりと鳴ったのが聞こえた。

「……俺が回した仕事はハロウィンパレードで、百鬼夜行じゃなかったはずだよなあ、此花めぐり。それとも俺の勘違いか？」

狸和尚たちを、じろりじろり、と睨み廻して、めぐりのことは一顧だにせず、顔を跨ぐような状態で、社長——天羽伊予里は言った。

「どう思う、和尚？　俺の勘違いか？」

ゆっくりとポケットから手を引き抜き、掲げ、猛禽の肢の爪のように動かしてみせる。

「こいつで、そのだらしねえ狸ふぐりを引き裂いてやりゃあ、思い出すか？」

うひっ、と小さな悲鳴がした。

「て、てめえら！　何しとる！　とっととちゃんと化けねえか！　わ、悪ふざけが過ぎるってもんじゃ！　仕事じゃ仕事！」

へい、という声がして、狸たちは再び化けたようだった。

だった、というのは、めぐりは顔を跨られたままだったので、体を起こすに起こせずにいたからだ。この体勢では見えない。

「い、行くぞお！　張り切れえ！」

自分の脇を、どたどたと化け狸たちが駆けていく。全身は見えなかったけれども、足元は見える。今度はちゃんと化けたようだった。

ころりと棒付きキャンディが落ちた。食べてしまったというのも、困らせるための嘘だったらしい。めぐりは、ほっと胸を撫で下ろした。

「──おい、いつまで寝てんだ」

喧騒（けんそう）は地響きと共にすっかり遠くなって、伊予里の声がそう降ってきた。

こっちを見下ろす社長と、目が合う。

「……社長がどいてくれないからですよ」

「ちっ」

あからさまに舌打ちをして、伊予里はようやく顔の上からどいてくれた。

体を起こすと、すっと手が伸びてくる。

一瞬、真っ黒な翼に見えたが、目の錯覚だった。だらしなく着たブラックスーツの袖（そで）が見せた、幻だったのかもしれない。

「おい、早くしろ」

「す、すみません……」

めぐりは社長の手をつかんだ。その瞬間に、ふわりと浮いたみたいに立ち上がっていた。

自分が羽毛になったようだった。

　もっとも社長は身長が一九〇センチはあるらしいから、立ち上がっても、見上げることには変わりはなかったけれど。

「ったく……あの狸爺には気をつけろって言っておいたろうが。連中にとっちゃ、人間なんてのは玩具みてえなもんなんだから、嘗められんじゃねえって言ったよな？」

「はい……」

　社長は、広くて翼のような肩を少し下げて、小さく溜息をついた。

「……なんで『護符』を下げてねえんだ？」

　伊予里の言う『護符』とは、支給された社員証のことだ。とても強い力があって、それを突きつければ大抵の妖怪は平伏するし、一種の盾にもなるらしい。

　ネックホルダーに入れて、いつも首から下げておくように言われているのだが、めぐりはあまりその言いつけを守っていない。

「いや、でも、そんなふうに、力ずくで従わせるのは違うかな、って……あくまでもビジネスなんですし……」

「そいつは、おまえが向こうに対等だと思ってもらえてたらの話だろうが」

　伊予里は少し苛立ったみたいに、後ろに撫で付けた髪を掻き上げるようにした。

「いいか？　社員証は、言ってみりゃあ『名刺』だ。自分が何者か、誰の下にいるかを相手にわからせるために、ちゃんと使え」

「けど、わたしが『10グーロウ』の社員だってことは知っていたわけですし……」

「社員ってだけじゃ、どのくらい俺の庇護下にあるかは、わからねえだろうが。『護符』を持っているってわかってれば、あの連中もあんな態度は取らねえ」

そういうもの、なのだろうか。

「人間のビジネスだって似たようなもんだろう？　名刺を見て、相手がどういう立場の人間かで、対応も変わるだろうが」

それはそうかもしれないけれど、相手に立場をわからせる、という行為に、どうにも抵抗を憶えてしまう。

大学生の頃、友人に紹介されて、一度だけデートした男がそんな感じだった。

レストランで、ちょっと料理が出るのが遅いからって、ウェイターに上から目線で説教とか、何様という態度だった。

お客様は神様、とか、本当の神様が聞いたら鼻で笑いそうなことを信じて、偉そうにすることが、自分を大きく見せるのだと思っている勘違い野郎だった。

もちろん、二度とデートすることもなかったし、あんな男を紹介した友人にも、文句を言ってやった。

後日、相手の方が自分を振ったことになっていたことには、呆れるしかなかったけれど。

あの『護符』を使うのは、それと同じような気がして、ちょっといやだ。

「……あのなあ、此花めぐり」

伊予里の眉間に皺が深く刻まれた。

めぐりの背筋が、ぴんと伸びた。不満げなのが、顔に出てしまっていただろうか。

「おまえが何を考えてるかなんか、手に取るようにわかんだよ。だが、忘れんなよ？　ほとんどの妖にとっちゃあな、人間てえのはまずは、悪巫山戯の相手だ。度が過ぎて食っちまうことだってある。油断するな」

「わかってますけど……」

「いいや、わかってねえ。それが証にほら――」

ずい、と指が伸びてきて、顎の先を軽くつかまれた。

「――ちょいとばかり、食われてるじゃねえか」

「え？」

と答えた途端、くらっときた。

危うく倒れるところを、ばさり、と伊予里の腕――否、美しい漆黒の鴉の翼で、ふわりと抱きとめられていた。

「……気を吸い取られやがって。今日はもういいから帰れ。どうやら、パレードはうまくいってるみたいだしな」

プレハブの外から、悲鳴ではなく楽しげな声が聞こえてきた。とても盛り上がっている。

子供たちの笑い声もする。

化け狸たちも、伊予里が出張ってきた状況では、いい加減なこともできないのだろう。

「……わかりました」

そう言って、めぐりは伊予里の翼を押し退けるようにして立った。じくり、と胸の奥の方が嫌な感じに痛む。擦り剝いたところからまた出血したような。

失礼します、と深々と頭を下げ、めぐりはプレハブ小屋を出た。

「おう。気を付けて帰れよ」

その声を背中に、巨大なカボチャがくりぬかれた眼から火を噴きながら夜空を飛んでいくのを見上げた。わあ、と大きな歓声が上がる。

めぐりは、ふらつきながら駅に向かって歩き出した。またも一人ではできなかったという敗北感と情けなさに、ちょっと泣きそうになりながら。

☆

山根古商店街から駅までは、徒歩で十分ほどもかかる。

どうしてそんな場所に商店街ができたかといえば、かつては『団地』と呼ばれる公営のマンションともいうべき住宅が何百棟も建っていて、そこの住人のためだった。

その団地も十年も前に壊され、新しいマンションが建ったのだけれど、最寄り駅が改修されて駅ビルに大型スーパーが入ったことで、買い物客は大きく減ったのだという。

今夜のハロウィーンパレードは、少しでも賑わいを戻したいという、商店街持ち込みの企画だった。

社として付け加えられることはなかった。

一夜限りのことではなく、その後のことも考えませんか、という提案は、そういうのいらないから、と話し合いもできなかった。

それがクライアントの意向なら、と社長もそれ以上は推さなかったから、やるべきことは決まっていて、あとは滞りなく実行するだけ——だったのに、狸め。

こんくらいならできんだろ、と社長に当日の実行だけとはいえ任されたのに——狸め！

（ばかーっ！）

と、叫びたかったけれど、しなかった。

商店街から最寄り駅までの間には、団地ができる前から住んでいる人たちの古い家があったし、人通りだってまったくないわけではない。

それに、化け狸がああいうやつらだということは、十分知っていたはずだし、その上でうまく仕切れなかったのは、自分のせいだ。

社長の言う通り、《護符》を下げておくべきだったのかもしれないけれど、無理やり従わせるのは違うんじゃないかと思ってしまう。

社長のくれた護符——社員証のことだけれども——には、力がある。その気になれば、相手に怪我を負わせることもできる代物だ。

護符を見せて言うことを聞けと言うのは、ぶん殴るぞ、と言っているようなものだ。

そんな仕事のやり方がある？

力を背景に強制したら、いい関係は築けない。大前提として、向こうは妖怪で自分は人間、という立場の違いはあるけれど、あくまでもビジネスだ。

……そうありたい。

（甘いのかなあ……）

小さく溜息をついて、駅前商店街、と錆びた看板のアーチを潜って、薄暗い小路に折れた。

かつてはここも駅に繋がる商店街として賑わっていたらしい。

けれどいまでは店らしい店もなく、シャッターを下ろして普通の民家として使って、寂れた様子が隠せずにいる。

こちらの方が駅には近いのだけれど、少し向こうに大きな通りができてからは、ますます人通りが減った、とクライアントが愚痴っていたことを思い出した。

めぐりは、暗がりは別に怖くはない。

そこに潜む連中には驚かされるけれども、普通の人が感じるような恐怖は覚えない。『あいつらは、何がいるかわからないから怖いんだ』と前に社長は言った。『おまえは、何がいるか知ってるから怖くねえんだ』と。

その通りだと思う。

潜むものを見てしまったら、ヤバイ、とか、マズイ、とかは思うけれど、何もいない暗がりはなんとも思わない。

——が、それでもこっちの道を選ぶんじゃなかった、とめぐりは後悔した。

（しまったなあ……）

つい最近取り壊しが始まったらしい店の前を通り過ぎたとき、おかしなものを、目の端に捉えてしまったのだ。

子供、だった。

浴衣みたいな着物姿の子供が、詰まれた廃材の上に膝を抱えて座っている。その膝に顔を乗せて、何もかも諦めた目で、虚ろにコンクリートの床を見ていた。

めぐりには気づいていない。

見えているとは、思っていないのだろう。普通の人には、この男の子の姿は見えない。

幽霊ではない。

めぐりが見えるのは妖怪だけで、幽霊は見えない。自分の体質の中で、それだけは不幸中の幸いだったと思う。

恐怖映像の心霊動画なんかに映る幽霊は、本当にゾッとする。妖怪にも怪物めいた姿をしているやつらはいるけれど、どこかユニークですらあったりする。

突然、幽霊が見えるようになったのでなければ、この子は、妖怪だ。どういった類の妖かはわからないけれど、危険そうには見えない。

危険な連中は、目敏い。

自分たちのことが見える人間にはすぐに気づく。ちょっかいを出してくる。こんなふうに、見えるはずがないと思い込んで、ぼやぼやしてはいない。

だから、足を止めてしまった。

普段なら、自分から構おうとなんかしないのだけれど、あまりにも哀れを誘う様子に、どうしても放ってはおけなかった。

どこか、自分に重なったからかもしれない。

幼い頃は、妖怪が見えるこの力とうまく折り合えなかったために、友達がいなかった。

他の子たちには見えないのだということがわからずに振る舞ってしまい、気味悪がられたり、疎まれたりして、一人でいることが多かった。

両親はそんな自分に根気よく向き合ってくれた。

自分たちは見えないにもかかわらず、めぐりの言うことを信じると決めて、決して、否定をしなかった。

けれど、十歳頃、両親たちにも妖怪が見えないのだと理解してからは、めぐりは妖怪のことを二人にも言わなくなった。

だから両親は、めぐりは《治った》のだと思っている。ちょっとドジで生きるのが下手な、運と要領の悪い娘なのだと思っている。

就職を機に一人暮らしを始めたのは、二人に嘘をつくのが疲れたという面もある。

両親のことは好きだけれど、どこかで決して理解してもらえないのだということもわかっているから。

それは、寂しいものだ。

だから小さい子が一人きりでいる姿に、足を止めずにはいられなかった。

……単に、仕事では何もできなかったから、その穴埋めなのかもしれないけれど。

けど、理由は何であれ、捨て置くのは無理。

（……また、社長に怒られるだろうなあ……）

そう思いながら、めぐりは踵（きびす）を返した。

カツカツ、とローヒールを鳴らして廃屋に近づき、かつては入り口だっただろう戸のない戸口を跨いで入り、男の子の前に立った。

万が一を考えて、社長から貰った《護符》――社員証をいつでも出せるように、意識して。

目の前に立っても、男の子は顔も上げない。

気配は感じているのだけれど、なりたてなのだろうか？　だとしたら、妖怪が見える人間がいるということを、知らないのかもしれない。

そういうのは先輩の妖怪に教わったり、自分で、ある日不意に気づくそうだから。

（……よし）

めぐりは、狸たちのときと同じように、お臍の丹田を意識しながら深呼吸をした。

「ねえ、君」

ふさふさした髪の毛の頭頂部を見下ろしながら、めぐりはそう声をかけた。

男の子は、はっとしたように顔を上げた。

（わ。ちょっと可愛い）

暗がりで光って浮かんでいるみたいに、肌が真っ白い。

確かにこっちを見て、それから他へと視線を走らせる。どうやら、目の前の人間が自分に話しかけたとは思い至らないらしい。

「こんなところで何をしているの？」

くりんとした大きな目が、今度こそ間違いなく、めぐりを捉えた。

嫌な感じはしない。

　怖い感じもない。

「……僕が、見えるの？」

　むしろ、彼の方が少し怯えている。

「うん。わたし、そういう体質だから。君、妖怪だよね？　こんなところで何してるの？」

「……僕、ここの人たちにずっと大事に使われてきたんだけど、誰もいなくなっちゃって……帰ってくるのを待ってるの」

　使われてきた、ということは、付喪神の一種だろうか。

　社長によると、道具は長いこと使われていると、ある日、化けるのだそうだ。そういう妖怪を付喪神というらしい。会社にも一人、そういう人がいる。

「そっか……」

　めぐりは、ぐるりと廃屋の中を見回した。壁に立てかけられた看板に気づいた。立派な字で浮き彫りに『金古豆腐店』とある。

「……たぶん、お店、潰れちゃったんだと思う」

「そう、なの……？」

「うん。ここ、お豆腐屋さんだったんでしょ？　厨房機器も片付けちゃって残ってないみたいだし、あとは、いら――残していったんだと思う」

　いらない、という言葉を何とか飲み込んだ。それはあまりに残酷に思えて。

「そっか……」

男の子は、小さく溜息をついた。だけど、泣いたり、喚いたりはしなかった。どこかで、わかっていたのかもしれない。

「じゃあ、僕はもう塵なんだね」

微かに笑んだその言い方が、あまりにあんまりで、めぐりは思わず、

「だったら、家、来る？」

と言ってしまっていた。

いや、思わずではなかったのかもしれない。この子に声をかけた時には、どこかでこうすることを決めていたのかもしれない。

そうでなかったら、他にどうするつもりだったというのか。世間話だけして、それじゃあ、と別れるつもりだった？　ありえない。

「いいの？」

「うーん……どうなんだろ。わかんないけど、とりあえずってことなら、ありなんじゃないかなー……と思う」

伊予里の顔がちらりとよぎった。

どうせ、すぐにばれる。

怒られるかもしれないけれど、いざとなれば社長がうまく計らってくれると、めぐりは

どこかで都合よく思っていた。

そのくらいには、あのひとでなしの社長を信頼している。

男の子は立ち上がった。

小さくて、本当に男の子だ。人で言ったら十歳くらいだろうか。白木で創った人形みたいに細っこくて、でも、元気そう。

「君、なんて妖怪？　名前はある？」

男の子は、こっくりと頷いた。

「……僕、豆腐小僧」

2

ハロウィンも終わり、立て付けの悪い窓を、晩秋の風が、笑うみたいにがたがたと鳴らしている。

（……やっていけるのかなあ……）

風の音を聞きながら、応接室の空っぽの椅子たちを見つめ、此花めぐりは、幾度目かもう忘れたけれど、そう思いながら、首から下げた社員証を弄った。

何かあると、つい、そのことが頭をもたげる。

（……うちの社長って、ひとでなしだし）

小さな会社だから、会議を行うのはパーテーションで区切っただけの小さなスペースだ。もっぱら、応接室として使われている。

指定の時間はすでに五分過ぎたけれど、社長だけでなく、同じく会議に出るはずの、総務と経理、二人の部長もまだ、出社していない。

そして、めぐりは営業企画部長という役職を与えられてはいるが、もとより社員は全部で四人しかいないから、本当に名前だけだ。

だけれども、名前だけとはいえ部長なので、残業代はつかなかったりするのだ。

本当に、鬼。

社長は鬼ではないけれど、鬼。

もちろんめぐりは一番下っ端なので、部長などと呼ばれたことはない。役職で呼ばれるのは社長だけで、他の人は基本、苗字とかだ。

総務部長だけは、社長を名前で呼んでいるけれど、それは彼が社長の弟だからだ。

――十分過ぎた。

ほんと、みんなひとでなし。

………。

めぐりは、ひとでなしというのは、ちょっとニュアンスが間違っていたかもしれない、と思い直した。

それだと半分しか合っていない。

確かに社長は、会議の時間にまともに現れたためしはないし、周りの意見は聞かないし、仕事は丸投げのくせに、成果は自分の基準のものを求めるとかは、ある。

そんな時、このひとでなし、と罵（ののし）ってやりたくなったりもするけれど、その場合も、やっぱり意味は半分だ。

なぜなら――。

「おはよう」

唐突に、パーテーションの上から丸い顔が、ぬう、と覗（のぞ）いた。すこしぱさついているショートボブの髪が揺れる。

思わず声が出そうになる。

めぐりは何とか我慢して、平静を装（よそお）うことに成功した。

「お、おはようございます、宇貝（うかい）さん」

めぐりが軽く会釈（えしゃく）すると、彼女の頭は仕切りの向こうに引っ込んだ。

可動部分のパーテーションが動いて、巨大な豹（ひょう）が、ぬう、と入ってきた。

違う。

背の低い、豹柄のワンピースの女性が入ってきた。

豹柄は豹柄でも、体表の模様をちりばめただけのマイルドなものじゃなく、前面に顔がでかでかとプリントされたもの。

その顔が、今日は引っ張られて横に伸びている。

よかった。

資金は潤沢で、会社は安泰だ。

彼女――経理部長、宇貝ハコの身長は、せいぜい一四五といったところ。ちなみに応接室のパーテーションの高さは一八〇センチはある。

年は、何歳を想定しているか聞いたことはないけれど、アラフィフくらいだと思う。

「めぐちゃん、社長たちはまだ？」

「いつもの通りです」

「仕方ないわねえ……時は金なりだっていうのに」

胸の豹の目が吊り上がる。

じっと天井を睨む彼女の頭の中では、社長兄弟の今月のお給料から、いくら引くかの計算が行われているに違いない。

服装の規定はないけれど、外回りが多いめぐりは、いつもパンツスーツだった。色を合わせた三センチのローヒールパンプスと、大き目の帆布トートが定番のスタイルだ。

「社長！　とっくに就業時間ですよ！」

宇貝さんは、どこからか取り出したモップの柄で、天井を乱暴に何度も突いた。

社長はこのビルの屋上に住んでいる。

ビルは五階建てで、オフィスは二階。なので宇貝さんの行為は意味のないものに思えるけれど、そうでもない。

「――うっせえな！」

ばん、と乱暴にオフィスのドアが開いて、めぐりは思わず首を竦めてしまう。来る、とわかっていても、突然起こる大きな音には、やっぱり慣れない。

開けっ放しのパーテーションの可動部分に、社長の天羽伊予里は寄りかかるように立った。

天井が低く感じられるのは、彼の身長が一九〇はあるからだ。

いつもの少しくたびれたブラックスーツは、皺はあるけれど、濡れ濡れとした光沢の生地で、とても高そうに見える。

襟元は緩く開いていて、ネクタイは誰かに引っ張られたみたいにだらしない。

今日の色は、深い海の底みたいな蒼色だった。その日その日で違うけれど、必ずついているのが一粒ダイヤのピン。

顔の彫りは深く、鼻が太い。目は大きいけれど切れ長で、睨まれると、背筋がどうしようもなく伸びる。

スーツよりも黒い髪をいつも後ろに撫で付けていて、今日も、所々乱れて跳ねていた。

「おはようございます、社長」

宇貝さんは、何事もなかったように深々と頭を下げる。

「おう、そうだ。俺は社長だ。社長には、重役出勤っていう役得があんだぜ？」

それを聞くと、宇貝さんは鼻で笑った。

「会議の時間を決めたのは御自身でしょう？　時間厳守！」

太い指を突きつけられ、社長は明らかにたじろいだ。

「あ、あんただって遅刻したんだろ！　知ってるぞ！」

「いいえ、していませんよ？　まあ、此花さんは、わたしがいたことに、気づかなかったかもしれませんけれど」

振り返って見つめられ、いなかった、とは断言できなかった。

声をかけられるまで、出社したことにまったく気づけなかったのだから、そういうこともあるかもしれない。

ぐぐ、と言葉に詰まり、社長は諦めたように広い肩を大きく下げた。

「わかったわかった。次は気をつけるから、勘弁しろ」

「はい」

さっぱりと答えて、どうやら社長の遅刻についてはこれでしまいのようだった。

「──本当ですよ、兄さん」

びっくりした。

いつの間に現れたのか、総務部長がそう言った。

天羽古予里は、社長の実弟で総務部長だ。

大きな音を立てられるよりは、こういう登場の仕方のほうがましだけれど、それでも驚かないわけじゃない。

伊予里と違って、薄い縦縞の入ったライトグレーのスーツには皺ひとつない。臙脂のネクタイにはやっぱり一粒ダイヤのピン。

社長はどちらかと言えば色黒だけれども、古予里は色白で、背筋もぴんとして、所作も滑らかだ。顔立ちも女性的。

だけれど、めぐりは気づいてしまった。

「……古予里部長、羽根、出てます」

立てた指で自分の頭を示す。

「え？　あ」

慌てて頭に手をやった古予里は、綺麗に分けた黒髪の間から、一本、飾りのように飛び出した灰色の鳥の羽根に気づいた。

撫でるようにすると、初めからなかったみたいに消え失せる。

「まだまだだなあ、古予里」

伊予里がにやりとすると、古予里は恥じらうように軽く目を伏せて苦笑した。

宇貝さんも喉の奥で笑う。

「わたしの域に達するには、下の坊ちゃんは修行が足りませんねえ」

「面目ありません」

「人徳は、社長よりずっと高いんですけれど」

「うっせえな！　つーか、俺に人徳があるわけがないだろ⁉」

「あら。それはそうでしたね」

当たり前のように宇貝さんは言ったけれど、社長は怒ったりしなかった。古予里も、それはそうですよ、と笑っている。

けけけ、と影も笑う。

小さく嘆息して、めぐりは書類を整えた。

——本当に、みんなひとでなし。

比喩とかじゃない。

彼らは、本当にひとでなし——人間ではない。

苦難の末、此花めぐりがようやく就職することができたのは、イベント企画会社『10(テン)グーロウ』は、本物のあやかしが経営する会社なのだから。

☆

「んじゃ、企画会議始めっぞ」

ようやく社長らしいことを言った伊予里は、どこから出したのか、テーブルの上に羽根で打つように書類をばさりと置いた。

「この夏の《お化け屋敷》、秋の《ハロウィン・パレード》も、クライアントからは高い評価を貰(もら)えた。口約束だが、来年のイベントも依頼してもらえそうだ」

宇貝さんと古予里も、満足そうに頷(うなず)く。

「だが！　我が社はこれから文字通り冬の季節に突入する！　クリスマスや正月に、我々の食い込む余地は、まず、ない！」

社長の言葉に、古予里がええ、と相槌(あいづち)を打つ。

「どちらも主役は神ですからね。妖怪の使いどころは難しい。その次のイベントは節分ですけど、最近はどこも芸能人が豆を撒(ま)くばかりで、鬼の出番はないですし」

「鬼といやあ、この間、なまはげから節分に仕事はないかってメールが来てたぜ」

「なまはげですか？　彼らは確かに鬼の眷属ですけれど、追儺鬼とは違いますよね？」

「あれは不精者の成れの果てだからな。怠けているとこのようになるぞ、と家々を回る戒めの鬼だ。だが——怖すぎるんだとさ」

「戒めなんですから、怖いのは当然でしょう」

「子供が泣くから、と断られるんだとよ。最近じゃ、ゆるキャラに仕事を取られちまって、本物に出番はないんだと。で、うちでなら仕事があるんじゃないかと連絡してきた」

「世知辛いですねえ」

古予里が小さく肩を落とす。

本当に、とめぐりも心の中で賛同した。

ニュースではもうずっと、景気は回復していると言い続けているけれど、どこか別の世界の話としか思えなかった。

妖怪の世界もそれは同じらしく、彼らも生きていくためには食べなければならない。

霞を食べていればいいのは、神様や仙人だけで、もとが器物や動物であった妖怪たちは、変化したあと、擬似といえども肉体を持ってしまっているので、食べねば存在を維持できないということだった。

化けられるものは人間の振りをして暮らしているけれど、そうでないものは、ペットとして人間に飼われて食べさせてもらったり、こっそりと盗み食いをして生きている。

イベント企画会社『10グーロウ』は、そうした妖怪たちのために、彼らが活躍できるイベントを立案したり、登録している妖怪をホラー系のイベントや映画の撮影などに派遣することを業務としている会社だ。

「なまはげのことはさておき、これからの季節、うちも大口の仕事がないってのは事実だ」

「冬のお化けは、需要がないですからねえ」

古予里がしんみりと言う。

「ですけれど、社長。近頃はその分、ハロウィンで稼げていますから、冬もそれほど厳しくはありませんよ？　せいぜい、わたしが人並みに痩せるくらいで」

宇貝さんは、会社の資金の残高で痩せたり太ったりするので、彼女を見れば、会社の状況が一目でわかる。いまは冬籠りの前の動物のように余裕がある。

「そりゃそうだが、この世の中、何があるかわからねえだろ？　うちもそろそろ安定した収入源を持とうと思ってな。で、ひとつコンペを取ってきた」

うながされ、めぐりは手を伸ばし、社長が放り投げた資料を手にした。Ａ４の紙で五枚ほどの、フルカラーの資料だった。

「コンペの内容は、黒縄商店街活生化計画」

表紙にもそうある。

めぐりは資料をぺらりとめくった。

黒縄商店街は、どこにでもある下町の商店街らしい。住民の高齢化と少子化、大型スーパーの出店によって、いずれはシャッター通りになると予測している。

「求められているのは、この商店街を通年で盛り上げる企画だ」

めぐりは手を上げた。

「日曜日ごとに、何かイベントを開くとかですか？」

「それだと週一でしか賑わわねえだろ？　向こうさんが望んでるのは、平日も含めての話だ。目指すは、平日休日を問わず人が足を運びたくなる商店街、だとさ」

それはずいぶんと難しい。

「ええと……あの辺を仕切ってる土地神は……」

古予里はどこからか分厚い和綴じの本を出してきて開いた。

会社所有の妖本で『神妖秘総覧』という。日本全国の神や妖怪が載っているらしい。しかも情報は自動でアップデートされるというから、ローテクなんだかハイテクなんだかわからない。

めぐりも一度、手に取らせてもらったけれど、達筆すぎて何が書いてあるのかは、さっぱり読めなかった。

古い本なのに、めくるたびにいつも新しい墨の匂いがする。

「……あの辺、前は須佐之男命を御柱とした神社があったけど、跡取りがいなくて随分前になくなってるね。いまは……縄手の大古猫の珠美さんが、一応の『顔』みたい」

　古予里の言った『顔』というのは、『代表』という意味だと、以前に教わった。

「縄手の――知らねえなあ」

「社長でも、知らない妖怪がいるんですか？」

　めぐりがそう訊くと、古予里は面倒くさそうに、まあな、と答えた。

「いるってことは知ってるさ。だが、個々となれば別だ。化け猫とか猫又ってのは、俺たちの集まりに顔を出すような連中じゃねえからな。土地に憑く性質のもんでもねえから、不意にいなくなったりもする。総覧には載るんだが、他の妖怪とほとんど交わりはねえ。……面倒だぞ、こりゃあ」

「どうしてですか？」

「あいつらは気まぐれで、いつも機嫌が悪い。他の妖なら、金や物でまあ何とかなるが、猫はそれだけじゃ動かねえ。土地神がいりゃあ言うことを聞かせられるんだが、いねえとなると、直接交渉になる」

　真っ直ぐに射るように見つめられて、めぐりは思わず固唾を呑んだ。この眼は、どういう意味だろう？

「で、どうするの？　兄さん。もちろん、何か案があるんでしょう？」

　伊予里は、ふっと笑うと、

「いいや、ない」

ゆるりと首を振った。

古予里が驚いた顔になる。介さず、伊予里は何故かまた、真っ直ぐにめぐりを見た。

思わず、身を引いてしまう。

「……おまえが一から考えろ。此花めぐり」

「え？　わ、わたしがですか？」

びっくりして立ち上がりそうになった。

「そうだ。つまるところ、人のことが一番わかるのはやっぱり人だからな。おまえにもそろそろ役に立ってもらわねえと」

にやりと笑う。

確かにこれまでは、具体的に内容が決まっている仕事ばかりだった。めぐりはそれを形にすればよかったから、自分で一から考えたことはない。

もちろん、ぼんやりとした社長のイメージを実行可能な形にするのは大変だったし、コンペもあったけれど、お化け屋敷にしても、ハロウィンにしても、本物のあやかしを派遣できるうちの会社が、負けることはなかった。

けれどこれは、そうしたものとはまったく違う。何をするかまで考えなくてはならない、初めての仕事だ。

「頼んだぜ？　曲がりなりにも、営業企画部長なんだ。こいつがうまくいったら、特別ボーナスを考えてやらないこともない」

「特別ボーナス……ですか？」

「おうよ。世界の滅亡だの、死人を蘇らせろだの、そういう身の丈に合わねえ願いじゃなかったら、何かひとつ、叶えてやらないでもない――あるだろう？　おまえには」

めぐりは、ごくりと唾を飲んだ。

身の丈に合っているかどうかはわからないけれど、叶えたい願いなら、ある。

けれど、そんなうまい話があるだろうか？――この社長に限って。

すると伊予里は、めぐりの考えを読んだみたいに、不敵に笑んだ。

「嘘じゃねえぜ？　うまくいきゃあ、ちゃあんとボーナスをやる。だが、失敗したら――」

伊予里は立てた親指で、自分の喉を掻っ切る真似をした。

めぐりは、もう一度、唾を飲んだ。

普通に考えれば、解雇、という意味だろう。けれど、何しろ妖怪の言うこと。本当に首を落とすということかもしれない。

どちらにしても、それは困る。

転職先が決まるまで、しがみついてでもここをやめるわけにはいかない。またあの就活地獄の日々に戻るのは、絶対にいやだった。

「が、がんばりますっ」

めぐりは拳を握った。

そんな彼女の決意に、伊予里はサディスティックな笑みを浮かべる。

まるで人を試すかのような笑みに、やっぱりひとでなし、とめぐりは胸の内で呟(つぶや)いた。

3

「行きたくなる商店街、かあ……」

一人暮らしのマンション最寄(もよ)りの地下鉄の駅の、地上に出る階段を上がりながら、めぐりは小さく呟いた。晩秋の夜気に、声は吸い込まれてはかなく消える。

すれ違った老人が、聞こえてしまったのか、ちらりとこちらを見て、そのまま何も言わずに下りていった。

少し恥ずかしい。

めぐりは天然素材のストールを、マスクをした口元まで引き上げた。といってもファストファッションの店で買った薄物だから、それほど暖かくはない。

階段を上がりきると、すぐ横を道路が通っている。二車線の普通の道だけれど、幅は広く、大抵の車は法定速度を超えて走っている。

そんな道だから、事故も多い。

普通の場所だったら、いろいろなモノが見えてしまって、とても気が滅入るところだけれど、この辺りは浄いものだった。

大通りを脇に折れる。

車の音が、背中に遠くなる。

電柱には、ここから先、商店街であることを示す看板が備え付けられている。

ほとんどの店のシャッターは下りているけれど、シャッター通りというわけではない。商売をやめてしまった店も何軒かあるけれど、この辺りの店は、八時を過ぎるとほとんど閉まってしまうのだ。

なので、めぐりはここで買い物をしたことは、ほとんどない。仕事を終えて帰る頃にはこの有様だから、もう少し先にあるコンビニに寄るくらいだった。

行く手に、真っ赤な鳥居が見えてきた。

この商店街は元々、古くからある神社の参拝客目当ての店が始まりだと聞いた。

それが時代を経て、普通の商店街になったという。

閉店時間が早いのは、社務所の空いている時間に合わせているからなのだと、今のマンションに決める時、不動産屋さんの担当者さんが話してくれた。

とはいえここも、昼間なら賑わっているというわけではない。たまに土日に来ることもあるけれど、人通りはぽつぽつとしたものだった。

金属の蛇腹の板が並ぶ中に、ぽつんと派手なロゴを浮かび上がらせているコンビニ。

「――しゃいませー」

感情のこもらない声と、夜だけ鳴るチャイムに迎えられ、めぐりは雑誌の棚をぐるりと回って、スイーツ売り場まっしぐらに向かった。

新作のシュークリームが陳列されていて、迷わずそれを二つ買った。

「――らしたー」

入ってきたときと同じ、平坦な声に送られて、めぐりは店を出た。

路地に折れて、住宅街へと入っていく。

ぼんやりとした街灯が頼りなく道を照らす。電柱には『不審者に注意』という看板が括りつけられて立っているけれど、古い物で端の方はずいぶんと錆びている。

不審者は出るかもしれない――が、別のモノは出ない。

この辺りは神社の祭神の影響力の内にあるので、質の悪いモノは留まることができない。

この世ならざるモノが、当たり前のように見えてしまうめぐりにとって、それは、住みたい場所の第一条件だった。

なので、家自体は多少古くても構わない。

めぐりが今住んでいるのは、管理人なし、エレベーターなしの、築三十年の五階建てのマンションだ。

駅から徒歩八分なので家賃は高めだけれど、金縛り（かなしば）に遭う（あ）よりは、ずっといい。

立て付けの悪い集合ポストを覗い（のぞ）て、何も来ていないことを確認すると、あちこちひびの入っている階段を登り、三階の廊下を進んだ。

奥から二つめの扉を開けて、

「ただいまー」

と中へ入った。

電気の点い（つ）た奥の部屋から、ぱたぱたと足音が聞こえて、

「あ、おかえりなさい」

小さな男の子が現れた。

細かいひし形の模様の入った、単（ひとえ）というらしい浴衣（ゆかた）みたいな紺色の着物を着て、ソムリエ風の長いエプロンをつけている。

「ただいま、まめ君」

差し出された小さな手に、肩から下ろしたトートバッグを預ける。

「シュークリーム、買ってきたよ」

「わあ、うれしい」

黒い瞳がくりくりと動いた。将来性を感じさせる可愛らしさだ。くるりと踵(きびす)を返すと、うなじで結んだ髪が揺れた。

その背中に、

「夕御飯はなに？」

「今日は冷えるから、《ふわふわ豆腐(どうふ)》にしたよ」

「それってどんな料理？」

「木綿豆腐と卵を擂鉢(すりばち)でよぉく擂って、出汁(だし)で煮るの。ふんわりと膨(ふく)らんで、おいしいよ？」

「うーん、楽しみ」

外したストールとコートをフックにかけながら、めぐりは喉(のど)を鳴らした。

まめ君が来てくれてから、料理は彼にまかせっきりだ。

彼の作ってくれる料理のメインは、必ず豆腐。江戸時代の料理指南書のひとつ『豆腐百珍』を全て憶えているらしい。

毎日、豆腐料理を食べているおかげか、スッキリ調子がいい。

飽きるかも、と危惧(きぐ)したこともあったけれど、彼はとても勉強家で、この頃は洋風のアレンジを加えて、オリジナルの豆腐料理も作ってくれるようになった。

「あとは、ころころ豆腐ステーキ」

そっちはわかる。しっかり水切りした木綿豆腐を四角く切り、小麦粉をつけて、多めの油で転がすみたいに焼いたものだ。

ステーキのタレをつけると、お肉ではないけれど、ごはんが進む。

「じゃあ、わたし、メイク落として着替えるね」

「うん、わかった」

まめ君をキッチンに残し、めぐりは部屋に入ってキッチンとを仕切るカーテンを引いた。

ワンルームだから扉なんかない。

キッチンで、カチャカチャと食器の音がする。

それを心地よく聞きながら、めぐりはメイクを落とし、ゆったりとしたルームウェアに着替えて、髪をきゅっとまとめた。

けれど、カーテンに向こうに人の気配はない。

そう。

彼も違うのだ――『10(テン)グーロウ』の人たちと同じ、人ではない存在。

ハロウィンの夜に廃屋で出会った、あの男の子。豆腐を作る道具が付喪神(つくもがみ)となった妖怪・豆腐小僧――それが、まめ君だ。

二丁用の豆腐木枠なので、棚に収まる。二丁しか作れない小さなものだけれど、お得意様への特別な豆腐を作るものだったらしい。

付喪神は器物が化けるので、眠るときなど、人の姿でいない時は、元の木枠に戻って棚に収まっている。

なのでベッドは要らないし、だから今でも、人の世界的にはめぐりは一人暮らしである。

「テーブル出したよー」

そう、めぐりが声をかけると、カーテンがひとりでに開いて、トレーを手にしたまめ君が現れ、慣れた手つきで料理を並べた。

こうして、ひょいと料理が出てくるありがたさ。

実家にいたときにはなんとも思っていなかったけれど、一人暮らしを始めてみて、それがわかった。疲れて帰ってきて、自分だけのために、料理なんかとてもしていられない。

そうするとやはり、コンビニ弁当やファストフードのルーティンになってくる。

しばらくして何となく、やばいな、とは思ったけれど、目をそらしていた。

体重のことだ。

原因が食生活だけかはわからないけれど、とにかくめぐりは、人生で初めてのレベルまで太ってしまった。ひどい便秘になり、肌もすごく荒れた。

　このままじゃいけない、とわかってはいても、ずるずると時間は過ぎていくばかり。社長の伊予里(いより)に、宇貝(うかい)さんに近づいてきたな、と言われても言い返せなかった。

けれど、まめ君との出会いが全てを変えてくれた。

　もちろん伊予里にはすぐにばれて、

「妖怪を拾うとか、何を考えてんだ⁉」

と怒られたし、呆(あき)れられた。けれどそれが豆腐小僧とわかると、ころりと態度を変えて、好きにしろ、と許可がでた。

　ともかく、一緒に暮らしてみると、まめ君は実に有能だった。

付喪神になるまでに百年はかかるから、ずっと年上のはずなのだけれど、偉そうだったり尊大だったりすることもなく、可愛い弟みたいだった。

　伊予里は、

「商家の器物だからな。丁稚(でっち)の小僧みたいなもんだ。しつけはきちんとしてるもんさ」

と話してくれたが、その時は、意味はわからなかった。ようするに、社員教育が行き届いている、ということらしい。

　一人暮らしの女子の部屋に男の子を置くことに、危険は感じなかった。

男の子だけれど、男を感じる年齢ではなかったし、基本、妖怪は人に欲情したりしないと、伊予里に聞いていたからだ。

「おまえ、猿に欲情するか？　しないだろ？　それと同じだ」

ひどい言い草だ。

といっても、人を猿だと言っているのではなくて、似たように見えても、それくらい存在が違うという意味だった。

副社長の古予里（こより）がそう説明してくれたから、誤解せずに済んだ。

とにかく、まめ君が料理をしてくれるようになってから、めぐりの体調は劇的に改善した。

体重は元に戻るどころかさらに減ったし、肌ももちぺたになった。

豆腐料理最高！　しかも、おいしいし！

まめ君を引き取ったことは、この体質と共に生きてきた二十七年の中で、ほとんど唯一（ゆいいつ）といっていい、良かったことだ。

「この丼（どんぶり）がね、《ふわふわ豆腐》」

百円ショップで買った丼を指して、まめ君がいつものように説明をしてくれる。

「豆腐と卵をなめらかに擂ったのを一人分ずつに分けて湯煎（ゆせん）して、表面が固まったら崩さないように丼に移して、そこに鰹（かつお）と昆布（こんぶ）の合わせ出汁をかけたんだ」

「スープの中にオムレツが浮いてるみたいだね」

めぐりはスプーンを手にし、卵をすくって食べた。

「わ、オムレツっていうより、スフレみたい」

甘くないスフレ。味は茶碗蒸しに似ているけれど、食感が全然違う。スフレと同じく、口の中で、ふわっとして、さらっと溶けて消える。

「おいしいよ、まめ君」

そう言うと、まめ君はちょっと照れたみたいに目を伏せた。けれど、嬉しさは隠しきれていない。口元を見ればわかる。

めぐりは《ころころ豆腐ステーキ》──豆腐のさいころステーキに箸を伸ばした。

こっちは説明してもらわなくてもわかる。揚げてない一口大の揚げ出し豆腐、という感じだ。つけるのは市販のステーキのタレだけれども、もうひとつ別に小皿があった。

「これは？」

「チーズドレッシングでお味噌を溶いてみたの」

「どれどれー？」

大胆につけて食べてみる。かりっとした衣の下の熱々の豆腐に、和洋折衷のタレが意外に合う。チーズと味噌がこんなに合うとは思わなかった。

ごはんが進む。

といっても、お茶碗一杯以上は食べないようにしている。

まめ君はどんぶり飯だ。豆腐だけはいくらでも出してくれるから、二人分になっても、食費はずいぶんと助かっている。

それに――やっぱり誰かと一緒にごはんを食べるのは、それだけで楽しい。

☆

「商店街を楽しくするお祭りを考えるの？」

こぽこぽと日本茶を湯呑みに注ぎながら、まめ君は小首を傾げた。彼が来るまで、家には急須も湯呑みもなかったけれど、おねだりされて買い揃えた。

湯呑みも急須も、おばあちゃんの道具、という印象だったけれど、いまはなかなか可愛らしいデザインのものも多いと知った。

めぐりは桜の花片を散らしたものを選んだけれど、まめ君のは柄のない渋い品物だった。日本茶は、意外とケーキにも合う。シュークリームにも。

「まめ君のいた商店街では、何かやってた？」

「お祭りはあったけど、いつもじゃなかったよ」

ちゃっ、と最後の一滴を急須から落として、湯呑みをよこしてくれる。

「節分と、七夕と、クリスマス……くらい？」

　まめ君は、首を捻る。

「近くに神社とかお寺とかなかったから、夏祭りなんかもなかったし。ここはあるよね？　お祭り。屋台、楽しかったな」

「また行こうね」

　そう言うと、まめ君は、はにかんで頷いた。

　可愛いったら。

「社長からは、週末や季節ごとじゃなくて、いつも人を呼べるイベントを考えろって言われてるんだよね。けど、そんなものある？」

「うーん……そういうことなら、お祭りじゃなくて、名物を考えた方がいいんじゃないかな」

「名物？」

「うん。人が呼べれば、別にお祭りじゃなくてもいいんでしょ？　名物は人を呼べるよ」

「名所とか、そういうの？　ないと思うけどなあ」

　黒縄商店街は、資料を見る限りでは、どこにでもある商店街だ。

「食べ物とかお店でも、名物にはなるよ。僕で作った田楽は人気があったから、わざわざ原宿村から食べに来た人がいたくらいだもの」

原宿村。

あの原宿のことだろうけれど、村、という響きが今の姿と繋がらない。あの辺りはものすごい田舎だったと言われても、ちょっと想像できない。

けれど、食べ物というのはいいアイデアかもしれない。みんな食べ物は大好きだ。話題の店には何時間でも並ぶ。

食べ物なら季節ごと、いっそ日替わり、月替わりでメニューを変えることもできる。そうすれば飽きられることもない。

けど、そういう名物は、一朝一夕で作れるものではない。もし隠れた名店があったとしても、ネットで意図的にバズらせるのは難しい。炎上ならともかく。

となると、手っ取り早いのは、すでに名の知れた店を誘致することだ。

「ありがと、まめ君！　すごく参考になった」

「そう?　なら、よかった」

嬉しそうに言って、まめ君はシュークリームを二つに割った。中からとろりとしたカスタードクリームがこぼれ出て、彼の小さな指を包む。

まめ君はそれをおいしそうに嘗め取ると、綺麗に指をしゃぶった。

4

「却下」

伊予里（いより）はにべもなく言って、一旦は机に置いた分厚い鳥類図鑑を手にした。

取り付く島もないとはこのことだ。

返す言葉を失い、めぐりは社長の机の前で立ち尽くした。よもや、こんなにもあっさりと、自分の案を否定されるとは思わなかった。

砂をかき集めて崩れた山を再び高くするように、懸命に気持ちを立て直す。

深呼吸、ひとつ。

「どうしてですか？　悪くないアイデアだと思いますけど……」

めぐりが提案したのは、有名飲食店の誘致だ。

写真映（ば）えするメニューに強い店に出店してもらい、人を呼ぶ。今はネットの時代だ。話題になれば人が人を呼ぶ。

「確かにな」

図鑑から顔を上げず、伊予里は答えた。

「人間の食い意地の張りようは、まるで餓鬼（がき）だ。名物を食うためだけに旅をするんだから、まったく度し難(がた)い」

「でしたら――」

「おまえさー。おまえが挙げたような有名店が、簡単に出店してくれると思うのか？」

「それは……交渉次第で」

「交渉ねえ」

伊予里は、小さく鼻で笑った。

いつものことだけれども、いやな態度。

ざわっとする。

「まあいいさ。……念のため言っとくが、そいつもおまえが一からやるんだぜ？　今の話をコンペにかけるんなら、最低でも出店の内諾(ないだく)は取っておく必要がある。そいつはさすがにわかってるよな？」

「……わかってます」

「じゃあ、頑張ってみな」

ひらひらと手を振って追い払うような仕草をして、伊予里は再び図鑑を眺めるのに戻った。

くやしい。

そりゃあ、いままでは全て社長が内諾を取った案件をまとめるだけだったけれど、やり方は彼の傍にいて学んだつもりだ。

妖怪にできて人間にできないはずはない。交渉相手は同じ人間なのだから。

……見てなさいよ。

デスクに戻っためぐりは、目星をつけていたいくつかの店が紹介されているサイトを開き、それらの店のアドレスにオファーのメールを次々と出した。

☆

（一件も返ってこない……）

これはという店を十店ほど選んで、懇切丁寧なメールを出したつもりだったのだが、どこからも返事がなかった。

興味がないならないで、せめて断りの返事くらいくれてもいいのに、と思ったが、勝手に送りつけられたメールにそんな義理はなかった。めぐりだって、黙殺する。迷惑メールの類だと思うかもしれない。

だからといって、いきなり電話、というのも躊躇われた。

忙しい店なら尚更、予約以外の電話など、こちらの印象を悪くするだけな気がする。

「いや、電話しろよ」

こっちの心を読んだみたいに、伊予里がタイミングよく言う。

めぐりが顔を上げると、彼は相変わらず本に目を落としたままだった。時折、楽しげに目を細めたりする。いひひ、と笑う。

「……メールして、電話して、押しかけて、仕事ってのはそうして取るもんだろうが。おまえ、俺に付いてこの三カ月、何見てたんだ？」

確かに、伊予里の営業方法はとにかく足だった。アポもなしに相手のところへ押しかけて、脅したり、宥めたり、と忙しい。

そんな彼に付いてあちこち回ったその仕事のやり方は、昔ながら、という言葉がぴったりなものだった。強引過ぎて心配になったことも、一度や二度ではない。

けれど、あのやり方が通用するのは、相手も妖怪だからだと思う。

伊予里は、こんないい加減な風体と態度だけれど、妖怪としては、その位は高いらしい。本当の天狗よりは格が落ちるけれど、並みの妖怪では敵うものではない強者。

元は、カラス。

それが長生きをして妖怪になり、ひょんなことから天狗に付いて修行をし、ついに鴉天狗になった——何度も聞かされた話だ。

つまり、交渉する相手よりも、偉い。

あの態度とやり方は、その背景があってのことではないかと思う。

下請けと元受けみたいなものだ。

人間の自分が同じことをしても、同様の結果は得られそうもないし、そもそもアポをかけている店は、妖怪がオーナーではない——と、思う。

「わかりました、電話します」

「しろしろ。あ、枕に『先ほどメールした者ですが』とつけろよ？　代表にかけんだろ？　ただの飛び込みより、受付に門前払いされにくくなる。……まあ、その先はわからんが」

一言多いんだから、と思いながら、めぐりは受話器を取った。

とはいえ、つっけんどんな態度だけれども、きちんとアドバイスはしてくれている。

確かに伊予里の言う通りだった。

メールの件、と言えば、担当部署には繋いでくれるはずだ。そこまでいかなくても、確認は取ると思う。ひょっとしたら、そこで興味を持ってくれるかもしれない。

めぐりは準備していた資料の店の代表番号へ、片っ端から電話をかけ始めた。

☆

「……全滅……」

めぐりはぐったりと椅子に沈み込んだ。

伊予里の言った通り、何件かは代表の受付をすり抜けて、担当者に繋いでもらうことができた。けれど、よかったのはそこまでで、どの店も、口調は丁寧だけれど、はっきりと断られてしまった。

「そりゃそうだわな」

わかってた、と言わんばかりの言葉にうらめしげに伊予里を見ると、彼は不敵に笑んだ。

「理由が、わからねえか？」

「……はい」

「あのな、おまえのこの提案は、商店街にとっちゃ、うまい話だろうが、寂れた商店街に店を出す側に、何のメリットがある？」

ぱん、と伊予里は手にした資料を叩いた。

「おまえが調べて挙げた数字は、出店してもらいたい店がどれだけ流行っているか、だ。黒縄商店街の連中がこれを見れば、ぜひとも、と言うだろうが、出店側はどうだ？　連中が店を出そうと思う、メリットの具体的な数字は？　ここには、そんなもんはねえ」

それは――その通りだ。

「出せる数字がないんだろう？」

反論できない。

「いいか、此花めぐり？　おまえのこの企画は、言っちまえば、たかり、だ。売れてる店、人気のあるやつ、そいつ頼みの、実に都合のいい話だ。こんなもの、うまくいくわけがねえ。そもそもコンペに負けたらどうすんだ？」

ばさり、と伊予里は資料をデスク脇の箱に落とした。

没の箱だ。

「……でしたら、最初にそう言ってくれれば……」

「阿ー呆。仕事は、身をもって覚えるもんだ。断られて、堪えたろ？　身に染みただろ？　それがなけりゃあ、すぐに忘れちまうもんさ。――一からやり直せ」

ぐうの音も出ない。

めぐりは、小さく溜息をついた。

いいと思ったんだけどな――名物。事実、食のイベントは賑わう。ただし今回の企画は恒久的なものだから、物産展のような形では意味がない。

期間限定出店、という方法で次々と新しいお店を出すというやり方もあるけれど、その場合には、うちがずっと責任を持って出店交渉を続ける必要がある。

担当者として、その覚悟がないわけではないけれど、そのためには社長の言う通り、有益な数字を示す必要がある。

（やっぱり、ないよね……）

貰った資料にあるのは、いかに商店街が窮地にあるかの数字だけだ。そもそも明るい材料があるなら、再生計画など必要ないのだから、当然と言えば当然だった。

「めぐりちゃん」

それまで黙って聞いていた古予里に呼ばれ、めぐりは顔を上げた。伊予里と違い、古予里の微笑みは、柔らかくて優しげだ。

不真面目に鳥の図鑑を眺めたりもしていない。

「めぐりちゃんはまだ、現地を見てないよね？　一度見てきたらいいんじゃないかな？　行ってみて、初めてわかることもあると思うし」

「おう、そうだそうだ。此花、ネットの情報だけでわかった気になってんじゃねーぞ？　言ってるだろ？　営業は――」

「足、ですよね」

めぐりはパソコンをスリープ状態にすると、席を立ってトートバッグに荷物を突っ込んだ。

伊予里に対する苛立ちを、態度に出さないよう気をつけながら。

「その通り。あとおまえ、どうも忘れてるみたいだから言っておくが、うちは妖に仕事を斡旋しつつ企画を成り立たせるのが商売だ。店を出させるなら、妖がやってる店にしろ」

「そんなお店、あるんですか？」

「ある。――まあ、複数店舗を出してるところは、ほぼほぼ人間に任せてるけどな。頼むならそういうところにしろ。おまえなら、気をつけて見ればわかるだろ？」

「……はい」

良くも悪くも、それがめぐりの――個性だ。

めぐりはボードに、外回り、と書き込んでからしばらく考え、

「……直帰でもいいですか？」

「おう」

その後ろに、ＮＲ、と書き加えた。

5

此花(このはな)めぐりは、視(み)える《目》を持って生まれた。

幽霊は見えなかったが、妖怪や随神(ずいしん)と呼ばれる存在が、はっきりと視えた。

幼い頃、彼らは《お友達》だった。

留守がちな両親に代わって、相手をしてくれていたのは、彼らだった。

けれど、伊予里(いより)に言わせると、それは危険なことだったらしい。気に入られ過ぎれば、

向こうの世界に連れていかれる可能性もあったのだという。

神隠し、と呼ばれるものだ。

そうならなかったのは、めぐりには守護する存在がいたかららしい。それが何者かはわからない。今はいないそうなので。

他の人たちには、彼らが見えないのだとわかったのは、小学生になってからだ。うっかり視えることを言ってしまい、そのせいで仲間はずれにされたことがあってからは、視えぬ振りをするようになった。

すると、遊んでくれなくなったことを不満に思ってか、彼らはいたずらを仕掛けてくるようになった。

といっても、大抵は他愛のないもので、急に現れて驚かすとか、他の人たちに見えないのをいいことに、笑わそうとしてくるとか、そういう類だ。

直接、怪我をするようなことは、ほとんどしてこない。

髪や腕を引っ張られたりするくらいだ。

一度、鎌鼬にふくらはぎをすっぱりとやられたことはあるが、あれはそういう質の妖怪であるので、いたずらとは違う。

とはいえ、他愛のないいたずらでも、時と場合によっては、致命的なことが起こったりもするものだ。

男子に告白されている最中に、思わず噴き出してしまったり。

トイレの個室で、悲鳴を上げたり。

ちょっと攻めたメイクをしたクラスメートが振り向くと同時に、大笑いしてしまったり。

挙げたらきりがない。

いたずらでは済まされない、と本当に困ったのは、就職活動のときだった。面接の段になると、必ず現れて、笑わせたり、驚かせたりしてきたのだ。

性格的にめぐりは、常に新鮮なリアクションをしてしまうため、就活はひとつもうまくいかなかった。

あの時ばかりは、本気でお祓いを考えたし、してもらったけれど、残念ながら、まったく効果はなかった。

就職浪人が決定したとき、めぐりは生まれて初めて心の底から、自分の体質を呪った。

いっそ引き籠って社会と縁を切ろうかとも考えたが、それだと連中に負けたことになる、と思うと、できなかった。

結局、それからもめぐりは、めげずに就活を続けた。

バイトの面接では、連中も大した邪魔はできなかった――ちょっと噴き出しても、怪訝な顔はされたけど、落ちたりはしなかった――ので、バイトをしながら、就活を続けた。

実家に帰るたび、両親は、もう無理に正社員を目指さなくても、と落ち続ける娘に言ってくれてはいたが、将来を考えたら、やはり、正社員になりたかった。

いや、それだけではない。

三年、頑張ったのだ。諦めたら、それまでの頑張りが無駄になる。

その思いの方が、強かったかもしれない。

今年こそは、とめぐりは、家に近い神社に初詣でに行き、神様にお願いし、お守りを買い、おみくじを引いた。

結果は——吉。

仕事についての助言は、

『諦めなければ、叶う』

だった。

去年、一昨年も大吉だったので、さして本気にもしていなかったし、当てにもしていなかっためぐりだったが、それでも一応、くじは財布に忍ばせた。

それがよかったのかどうか確かめようもないが、めぐりは、松の内が明けて最初に買った雑誌に、『10グーロウ』の求人広告を見つけた。

就職情報誌というわけではない。近頃、求人はネットでするのが当たり前で、そういう本はコンビニでもまず見かけない。

買ったのは、普通の週刊誌だ。一応、時事問題は常に仕入れるようにしているので、週刊誌にも目を通すようにしていた。

正社員募集、とはっきりと記されていたのが、まず目に飛び込んだ。それから、勤務地、給与。簡潔で短い広告だったけれども、悪い印象は持たなかった。

仕事の内容が企画営業職、というのが、一点、不安ではあったけれど、未経験者可、と書いてあったので、エントリーしてみることにした。

ホームページのエントリーシートに必要項目を記入して送信してから、もう一度、雑誌を見ると、不思議なことに二度と求人広告を見つけることはできなかった。

あれ？　とは思ったけれど、ホームページまで消えてはいなかったので、見えないモノにからかわれたわけではないとは、思った。

まさか、妖怪が社長の会社だとは、思わなかったけれど。

☆

地下鉄を乗り継いで、黒縄（くろなわ）商店街の最寄（もよ）り駅で降りためぐりは、改札を出ると、すう、と大きく息を吸った。

少し、澱（よど）んだ臭（にお）いがする。同じ臭いは、活気のない場所でよく感じる。

駅前なのに、人通りは少ない。

小さなロータリーにはタクシーが停まっているけれど、ドライバーの姿はなく、乗りたかったらどうするんだろう、と首を捻った。

資料によれば、黒縄商店街は駅前ではなく、少し離れたところにある。なんでも、鉄道会社の都合で、駅のできる場所がずれたのだとか。

駅前という立地を見込んでアーケードまで作った商店街は激怒したが、どうにもならなかったらしい。

そういうところは、ハロウィンパレードを依頼してきた山根古商店街と似ている。

めぐりは、駅前のＡＴＭだけの小さな信金の店舗の前で足を止めた。

ウィンドウで、自分の姿を確認する。

ダークグレーのパンツスーツは、アクティブな印象を相手に与えてくれる。いつ外回りがあるかわからないから、大体、いつもこの格好だ。

肩のトートバッグが重いけれど、何か訊かれた時にすぐに答えるための資料が、どうしても嵩張ってしまう。

タブレットで見せる、という手もあるが、表示に時間がかかる。

その僅かな待ち時間に苛立ちを感じるお客様は、意外と多い。前後参照も紙のようにはいかないから、動画を見せる必要がないのであれば、なるべく紙の資料を使え、とめぐりは伊予里に教えられていた。

「――おぉい」

ごろごろと低い雷鳴のような声に呼ばれて、めぐりはどきりとした。

これは――人ではない。

振り返ると、さっきまで誰もいなかった路上に、子供が立っていた。

もちろん、ただの子供じゃない。

裸足。

赤銅色の肌は薄汚れていて、毛皮の下帯ひとつを巻いただけの姿だ。ぐしゃぐしゃの髪の間からは、小さな角が覗いている。

小鬼だ。

「――珍しいな。おでの姿が見えんのか」

めぐりは答えない。鬼とは口をきいてはいけない、と伊予里に言われている。話した途端に舌を抜かれるそうだ。

小鬼は、蛇のように長い舌で自分の顔をべろりと嘗めた。

「答えねえか。賢しいやつじゃ。まあええ。おでの姿が見えてんなら、その柔らかそうな肉が食えそんだ。小指でいいからしゃぶらせろぅ！」

小鬼が手を伸ばしてくる。

けれど、その爪はめぐりからずいぶん離れたところで、ばちん、という音と共に、黒焦げになった。嫌な臭いが鼻をつく。

「にぎゃああ！　ちきしょうめえ！　天狗の護符かあ！」

小鬼は、炭化した腕を握りしめ、ぴょんぴょんと飛び跳ねながら薄くなり、昼間の光に溶けて消えてしまった。

めぐりは、ほう、と胸を撫で下ろした。

鞄の中に丸めて放り込んである、ネックホルダーの中の社員証のおかげだ。

見せれば相手を畏怖させることもできるし、いざという時には、こんなふうに盾になってもくれる。

神様や仏様くらいじゃないと、護りは破れないらしい。

無理に突破しようとすれば、今の小鬼みたいに酷い目に遭う。

もっとも、誰にでも見境なく発動するわけではなく、あくまでも危害を加えようとする意志がある場合だけだった。

そうでないと困る——うちには、まめ君がいるのだから。

とはいえ、直接的ないたずらから解放されたのはありがたかった。

めぐりは髪を撫でた。

これを引っ張られるのは、本当に困る。

痛いし、鞭打ちになりかけたこともある。

そのこともあって、ロングにすることは諦めていたのだけれど、今はちょっと伸ばしてみようかな、と思える。

（さて）

気を取り直して、めぐりは太いヒールの踵を鳴らした。

見えなくなることはないけれど、社員証のおかげで、ずいぶんと気は楽になった。普通に驚かされるようないたずらも、かなり減った。

見せなくても、伊予里の力を感じるのかもしれない。

鴉天狗という妖怪がどのくらい偉いのか、いまもってわからなかったが、それなりに怖い存在ではあるらしいということは理解している。

さっきみたいなこともあるけれど、稀だ。

この辺りは、この世ならざるモノ、と呼ばれる彼らが他の場所よりも多いのかもしれない。

線路沿いに歩いて、交差点を二つ過ぎた先の角を曲がる。シャッターの下りた店舗が左右に並ぶその先に、目的のアーケードが見えた。

看板にはでかでかと『黒縄商店街』とロゴが貼り付けられているが、傷みがひどい。元は赤色だったみたいだけれど、すっかり色落ちしている。

天井は半透明のアクリル製のように見えるけれど、汚れのせいで光が差していても、どこか薄暗い感じがする。

めぐりは、とりあえずぐるりと見て回ることにした。

ぽつぽつとシャッターの下りている店もあるが、もう取り返しがつかないほど、営業していない店舗ばかりというわけではないようだ。

チェーン店ではない喫茶店があったので、中を覗いてみた。

薄暗い店内にはお客さんは数えるほどしかいない。

高齢の店主が一人で切り盛りしているらしい。外のウィンドウの食品サンプルも、すっかり埃を被って変色し、ナポリタンがうどんに見える。

通路にはみ出して商品を並べている激安洋服店の奥では、太った女性店主が煙草を吸いながら雑誌を読んでいた。眉間に深く皺を寄せながら、いらいらとサンダルをつっかけた足を床に叩きつけている。

他にも、ブティックが数店、店を開けていた。

どの店もお客さんの年齢層は高そうだ。残念ながら、自分には似合いそうもない服ばかり、トルソーが着ている。

他には呉服店が一軒と、老若男女向けすべて取り揃えている靴店、服やバッグのリサイクルショップもあった。

これらのお店でお客さんを呼ぶ方法はないかと、めぐりは歩きながら考えてみた。

服飾の専門学校とコラボして、生徒の作った服を実際に売るというのはどうだろう？

授業の一環ということなら、きちんと儲けが出なくても、学校の宣伝ということで、OKになったりはしないだろうか。

ただ、妖怪の経営する専門学校があるなら、だけれども。

結局、それが一番のネックの気がする。

妖怪は、意外とどこにでもいるけれど、あまり目立つ生活は送っていない。伊予里のように会社経営をしているなんていうのは、かなり珍しいと聞いている。

（……となるとやっぱり、通年の企画を考えて、そこに妖怪を雇ってもらうって方法しかない気がするなあ……）

すれ違う人のほとんどない、薄明かりのトンネルのようなアーケードを歩きながら、めぐりはそう思った。

他には、薬局も多かった。チェーンのドラッグストアも一軒あったけれど、あとは調剤薬局で、漢方専門薬局というのも、ひとつあった。

（あ、市場がある）

といっても、そう看板を掲げているだけで、本当の市場ではない。何店かが合同で食料品を売る形態の小さなスーパーのようだ。

めぐりは、開け放しの戸口から、そろりと中に入った。

肉、野菜、魚、といった生鮮食品は一通りある。精肉店を覗くと、ケースの中にずらりと肉が並んでいて、少し重たい油の匂いがした。

レジの脇で当然のように、メンチカツが売られている。切り落としの肉の有効活用なのだろうけれど、きっと間違いなくおいしい。

「すいません、メンチカツひとつください」

そう声をかけると、むすっとしたおじさんが三角形をした袋にメンチカツを入れて、

「……ソースは？」

「あ、お願いします」

市販のソースを少なめにかけて、渡してくれた。

税込み百円。

百円玉を渡して、店を出ながらかじりついた。ざくっとした衣の下から、温かい肉汁(にくじゅう)があふれてきて、めぐりは慌(あわ)てて、ちうと吸った。

おいしい。

揚(あ)げたてではないけれど、それでも十分だ。最近はコンビニでも買えるけれど、精肉店のメンチカツの方が絶対においしいと思う。

食べながら、鮮魚店を覗く。

生臭(なまぐさ)いのは仕方がないとしても、辺りが水浸(みずびた)しなのはちょっと気になる。靴の底に臭い

がついてしまいそうな気がする。

その時、店の奥から、さっと白い影が飛び出してきて足元をすり抜けていった。

猫だ。

「こいつ！」

同時に、怒りに満ちた声と共にランニング姿の白髪混じりの男が飛び出してきた。

驚いてメンチカツを落としそうになった。

男はめぐりには目もくれず、危うくぶつかりそうになりながら、白猫を追いかけていったかと思うと、すぐに肩を怒らせながら戻ってきた。

「まーた、やられたんかい」

精肉店の主人が、どこか面白がっているような声で言うのが聞こえた。

火に油だ。

「おうよ、また、あそこのクソ猫よ。動物愛護法だかなんだか知らねえが、泥棒猫を打ち殺しちゃならねえってのは、納得いかねえ。あのババアに文句言っても、飼ってるんじゃねえ、と言いやがる。野良だってんなら、愛護もへったくれもねえじゃねえか！」

ひどい剣幕に、めぐりはどきどきしながら、そそくさとその場を離れた。

「地域猫なんぞ、くそくらえだ！　俺は認めてねえぞ！」

メンチカツの味もわからなくなってしまう。

畳んだ袋を唇を拭ったティッシュに包んでトートに押し込んで、めぐりは鮮魚店の店主が追いかけていった方を見た。

（……あ、猫）

さっきの白猫ではないが、シャッターの下りた店の前に、猫が寝ていた。よく見ると、他にも何匹かいる。

そちらに向かって歩いていくと、猫たちは見知らぬ人間を警戒してか、さっと立ち上がって距離を取った。

よく見ると、どうやら怒っているのはあの鮮魚店の店主くらいのようで、他の人たちは気にしていないようだった。あちこちに、猫のためと思われる小皿が置かれている。商店街で餌をやっているのだろう。

猫又がこの辺を仕切っていることも関係しているのだろうか。

でも。

猫のいる商店街――いいかもしれない。

昨今は、犬よりも猫がブームだし、猫カフェも人気だ。人が、猫に会うためだけに出かけていくことは、一般的に知られている。

地域で飼っているというのなら、コンペの主催である商店会に話を通せばそれですむはずだからスムーズに進むだろう。

何より、お金がかからない。

問題があるとすれば『10グーロウ』としては、どう妖怪を絡めるか、だけれども――それは、どうとでもなるだろう。人が集まれば店も出せるし。

まずは方向性を決めなければ、話が進まない。

よし、と小さく拳を握っためぐりは、さっきの喫茶店にでも入って、今のアイデアを少しまとめよう、と思い、踵を返した。

その時、ふと視界の隅に、猫とは違う影が引っかかった。

今、何か《視え》た。

めぐりは足を止め、振り返った。

美容室がある。

この商店街にはちょっと不釣り合いな、洗練された外観の店だ。年齢層が他の店よりも低めに設定されているようだ。

とはいえ、目論見通りにはいっていないようだけれども。

おそらくはオーナーだろう男性が、お客さんの白髪を丁寧に染めている。その様子からは確かな技術が感じられたけれど、顔には疲れが見て取れた。

げんなり、という感じ。

もちろんそれは鏡に映っているから、お客さんが顔を上げるとすぐに消して、疲れた作り笑いを浮かべていたが、視線が外れるとそれはすぐに剝がれた。

（あ――）

その刹那、隠していた正体が垣間見えた。

妖怪だ。

波打つ髪は水に濡れたみたいに長く、肌が大理石のように白くつるりとしている。だが何より人と違うのは、その両手だ。

ハサミがついている。

めぐりは、昔にテレビで見た『シザーハンズ』という映画を思い出した。両手がハサミの人造人間の悲喜劇で、大人のファンタジーだ。

その主人公に似ている。

妖怪美容師は、めぐりの視線に気づいたのか、はっとしたように窓を振り向いた。

対応が遅れて、顔を背け損なった。

目が合った。

めぐりは鞄を肩から下ろして、胸にぎゅっと抱いた。大丈夫、社員証が護ってくれる、と信じて。

まる焦げよ！　――と心の中で凄む。

けれど、男は店から出てくることはなかった。

めぐりが近づくつもりがないとわかったからだろうか？　妖怪は視線を外して、再び白髪染めに戻った。

瞬(まばた)きすると、彼はもう元の——普通の美容師の姿に戻っていた。

めぐりは、ほっと息をついた。

……触らぬ妖(あやかし)に祟(たた)りなし。

向こうがこちらに構わないのなら、どうしても用があるわけでもないのに、無闇に接触するつもりはなかった。

めぐりは、二度とその美容室を見ないように気をつけながら、早足にその場を去った。

6

「社長、新しい企画書です」

そう言って、めぐりはできたての書類を差し出した。古予里(こより)の勧(すす)めに従って現地を見て、気づけたことを盛り込んだ。

コンセプトは、《猫と触れ合える商店街》——いける気がする。

心配があるとすれば、猫と鳥は相性がよくないことだけれども、そこは仕事なのだから割り切って考えてほしい。

いつものように鳥類図鑑を見ていた伊予里(いより)は、めぐりをちらと見ると、分厚い本をデスクに置いた。企画書を受け取り、ざっざと読む。

かけた手間に比べて、実にあっさりとしている。料理みたいなものだ。作るのに一時間かかっても、十分で食べ終えてしまうのに似ている。

「……ふうん」

伊予里は椅子に体を預けて、めぐりを見上げた。

「猫に会えるだけじゃあ、ちぃと弱いな。いまどき、珍しくもないだろ？　それと、商店街へはどう金を落とす？」

「それは……喫茶店や、市場に寄ってもらって、お金を——」

「それだと、食い物を扱ってる店しか儲(もう)からねえぞ。商店街全体を協力させるには、もっと直接的に金を落とす方法が必要だな」

「じゃあ、入場料を取るとか——」

「アーケードに入るのに金を取るのか？　それだと近所のやつらが入れなくなっちまうぞ」

その通りだ。

めぐりは、ううん、と唸った。

正直、猫を見に来る人が増えればいいだろう、と思っていた。疲れたら喫茶店にも入るだろうし、小腹が空けばメンチカツを食べるだろう、と。

だが、それだと確かに、他の店にはメリットがない。特に、アパレル系や、日用品を扱っている店は厳しいだろう。

「――あ。グッズを作って売るっていうのはどうでしょう？　ポストカードとか、ラバーマスコットとか。商店街の名前入りの。それならどの店に置いてもいいですし」

「それだと、初期投資が結構かかるね」

古予里が言った。

「グッズのデザインと製作は、うちにも伝手があるから発注はできるけど、製作費は商店街持ちになる。出してくれるかな」

「売れなけりゃあ、不良在庫の山だからな。まあしかし、そのぐらいの覚悟もなしで再生なんぞできるわけもないだろう。売れりゃあ利益になるわけだし、企画書に盛り込んでおけ」

「は、はい」

めぐりはスマホを取り出して、メモアプリに忘れないうちに入力した。

「じゃあ、それでもう一度まとめ直します」

「まてまて。……入場料を取るわけにはいかないが、やっぱ、それに近いもんは欲しいな」

「え?」

伊予里はその真っ黒い瞳で、めぐりを見上げた。

「……此花めぐり。何か考えろ」

これは絶対的な命令だ。人間であるめぐりにも、そうとわかる。考えつかなければ、企画書は通らない。

「わかりました。何か考え――」

「それと、あとひとつ。絶対的に足りないもんがあるだろ? そいつも忘れるなよ?」

「え?」

「おいおい、忘れたのか? うちは、妖怪に仕事を作ってやるための会社だぜ? 猫で人を呼ぶのもいいが、そいつ目当てに適当に店を出すなんてのはなしだからな。妖怪が、妖怪らしく働ける仕事だ」

痛いところをつかれ、めぐりは返事に窮した。

図星だ。

誤魔化すように、めぐりは無理やり笑みを浮かべた。頬が引き攣る。

「やだなあ、社長。もちろん色々考えてますって!」

「ほぉう?」

古予里は、にやりとして、また鳥類図鑑に戻る。

忘れていたことなど、この妖怪はお見通しに違いない。わかっていて、楽しんでいる。

――やっぱりひとでなし！

決して声にも顔にも出さず、めぐりは心の奥底で、伊予里のことをそう罵（ののし）った。

☆

「お昼、行ってきまーす……」

これといったアイデアも出なかっためぐりは、昼休みを知らせる鐘の音を聞き、そう社長たちに告げて、オフィスを出た。

面倒なので、社員証は首から下げたまま。

古い荷物搬入用のエレベーターを使って降り、ビルから一歩、外へ足を踏み出すと、ぽん、と背中を押されたみたいに歩道へ出る。

振り返ると、確かにそこにはビルが建っているのだけれど、普通の人間には入ることができない。妖怪避けでもある社員証が必要だ。妖怪はその限りではないので、いまもめぐりの脇を一人の男がするりと通り抜けていった。

男はエレベーターに乗り込む時に、めぐりのことを怪訝（けげん）そうに見た。見られているのかそうでないのかを思案している顔だったけれど、結局、人間に自分が見えるなんてことがそうそうあるわけがない、と思ったのか、確かめることなく上がっていった。

見られたい、と思って驚かせる場合でなければ、今のが普通の反応だ。見せようと思ってもいないのに見られているとわかった場合、妖怪の方がよほど驚くことになる。

ただし、鬼の類は別だ。

伊予里からも気をつけろと言われている。黒縄商店街で出会ったような物騒なのも多い。小鬼がいる近くには、あの世へ続く道があるか、大妖の類がいることが多いらしい。

幸い、この辺りでは、見たことはないけれど。

めぐりは靖国通りを横断して、神田川の方へと向かった。

途中、よく行くカフェがある。ドリップコーヒー付きのランチがリーズナブル。チェーン店なので、顔を覚えられていても常連的な扱いがないのが気楽でいい。

クラブハウスサンドイッチがおいしい。

ナポリタンとカレーライスは普通。

カレーは神保町まで足を伸ばせば名店がいくらでもあるし、ナポリタンも昔ながらの太麺のを食べられる喫茶店があるから、そっちへ行けばいい。

けれど、今日は早くも満席だった。

店内は近くのオフィスのＯＬと学生で一杯で、珍しく数人が並んで待っている。さすがにこう冷えてくると、外の席で食べようという人はいない。

並ぼうか——そう思ったけれど、ウィンドウ越しに楽しげなＯＬたちを見ていると、胸が気持ち悪くざわつく。

本当に自分が行きたかったのは、あそこだ。

正社員になりたくて頑張ってきたけれど、妖怪の会社の、ではない。

散々、妖に邪魔をされてきて、結果、入れたのが妖怪の経営する会社というのは、何という皮肉だろう。

楽しげな彼女たちを見ると、そう思う。

めぐりはそっとウィンドウに手を触れた。ひんやりとした不可視の壁。このウィンドウのように、自分と彼女たちの間には見えない壁があるように思えてならない。

掌を無理やり引き剝がすと、めぐりは列から外れた。後ろに並んだ二人組のＯＬが怪訝そうな顔をしたけれど、すぐに、ラッキーとばかりに詰める。

しかたない。店はあそこだけじゃない。この辺りには、他にもチェーンのカフェやレストランがある。

はずなのだが。

何の因果か、悪戯か。今日に限って、どの店も満席だった。

——ついてない。

神保町か秋葉原まで歩けない距離ではないけれど、そこまでする気分にはなれない。

こうなるとあとは、老舗と言われる店しかない。

(老舗はなー……)

何もかもが古い。人も。建物も。器も。創業が江戸時代の店には、なりかけ、の妖がいることが多く、好奇心の標的にはされたくない。

けど——お腹が空いた。

午後も頭を捻ってなんとかアイデアを搾り出さなくてはならないのだから、しっかりエネルギーを入れておきたい。

めぐりは路地に折れ、存在だけは知っていた蕎麦屋の暖簾を潜った。古予里が時々ここの出前を取っている。

引き戸を開けると、

「いらっしゃいませえ」

女性店員の明るい声が出迎えてくれた。

ぺたぺたと草履を鳴らして駆けてくる。

「お一人様ですか?」

「あ、はい」

「では、あちらのカウンターでよろしいですか?」

彼女が示したのは壁に設えられた、分厚い一枚板のテーブルだった。壁までの距離は十分にある。圧迫感はなさそうだ。

めぐりは小さく頷くと、背もたれのない椅子に腰掛けた。一席にひとつ置かれた、パウチされたメニューを手に取る。

蕎麦は、もり、かけ、ざる、と一通りある。《二八》と《田舎》から選べるとあるが、違いは書いていなかった。田舎の方が若干高い。

裏を返すと、ランチのセットメニューが並んでいた。

（あ、天丼がある）

海老、キス、季節の野菜、とある。

すごく惹かれる。

こういう行き詰まったときには、パワーが欲しい。

ただ、かなり量がある。

まめくんと暮らすようになって、豆腐中心の食生活になってから、めぐりの食べる量は、体重と共に減った。

いまはとても、一人前を食べられるとは思えない。

なら天ざるは、と思ったけれど、冷たい蕎麦という気分じゃない。となるとあとは——

「すいません」

めぐりは手を挙げて振り返った。先刻の店員が、丁度、お絞りとお茶を持ってきたところで、ほとんど目の前にいたので、少し気まずい気分になりながら、

「あの……この小かけ蕎麦とミニ天丼のセットをください」

と注文した。

「小かけミニ丼のセットですね。お待ちくださーい」

踵(きびす)を返し、厨房(ちゅうぼう)に向かって、

「小かけミニ丼ひとーつ」

と歌うように注文を通す。

めぐりはようやく落ち着いて、湯呑みを手にした。

熱いお茶を啜(すす)りながら、そろりと店内を見回したけれど、妖の姿は見えなかった。厨房のカウンターの上に大き目の神棚があって、それが澱(よど)みを払っているようだ。

これなら、落ち着いて食事ができそうだ。

それにしても、と頭をもたげるのは、黒縄商店街のどの店にも利益が出る仕組みのことだった。グッズのような安くない初期投資が必要ではないもの、と言われると思いつかない。

どんな企画もある程度は費用がかかる。なるべくお金をかけずに儲けを出したい、と思うのは当然だけれども、費用と効果は大体比例する。

いい食材を使えばおいしい料理ができるけれど、値段は高くなる――それと同じだ。

――それをどうにかするのが俺たちの仕事だろうが。

伊予里の声が、言いそうな言葉が、ありありと聞こえてきて、めぐりは溜息をついた。

社長の言いたいことはわかる。

何も、まったく費用をかけるな、と言っているわけではない。相手が納得できる費用でありながら期待以上の効果が出そうな企画を考えろ、と言っているのだ。

……食べてから考えよう。

まめくんはあれこれ工夫してくれているし、作ってもらっている身であれこれ文句を言うつもりもないけれど、たまにはパワーのあるものが食べたいときもある。

そういうときは、ランチで食べる。

「お待たせしましたー」

湯呑みをどけためぐりの前に、四角いお盆に載せられた料理が置かれた。かけ蕎麦の濃い目の汁の匂いと、天丼のごま油と甘いタレの匂いが交じり合って、食欲をそそってくる。

「……いただきます」

最近は言う人も少なくなってきたという話も聞くけれど、めぐりは毎食、小さな声でも言うようにしている。

さて、と割り箸を手にしためぐりは、そこで、固まった。

——ハラヘッタ。

ミニかけ蕎麦の入った小ぶりの丼から、そう呟きが聞こえてしまったのだ。

じっと目を凝らす。

絵付けの丼の、その絵のひとつが、微かに身じろぎをした。

ああ、やっぱり。

薄汚れた感じはないけれど、絵の掠れ具合からかなり年季の入ったものだとわかる。

これは、なりかけ、だ。

器物は年を経て、付喪神という妖に成り果てる。

その境の年月はそれぞれで、いきなり手足が生えて動き出すものもいれば、こんなふうに夢現の自我を持つ物もいる——とは、伊予里の受け売りだ。

天丼は、と見るとこちらはまだ新しい器で、気配は欠片も感じなかった。だったら、ぎりぎり仕方ないと思える。

めぐりは背中を丸めて、丼を覗き込むような格好になった。

「……いいよ、食べて」

そう、囁く。

すると、ぞぞっ、と蕎麦が丼に吸い込まれるように減っていき、あっというまに空っぽになってしまった。どこにも口らしきものは見えず、底にわずかに汁が残っているだけ。

めぐりは蕎麦の丼に触れないようにして、天丼の器を手にした。噛みつかれるとは思わないけれど、用心に越したことはない。

気を取り直し、めぐりは箸を取った。

ミニ天丼の天麩羅は、海老が一匹、キス、シソの葉、小ぶりのタマネギのかき揚げが載っていた。タレはかけまわすのではなく、漬けるタイプだ。

海老に齧りつくと衣がしっとりと厚かった。でも、重くはない。天麩羅として食べるにはどうかと思うけれど、天丼の衣はこのくらい厚い方が向いていると思う。

醤油が強くて少し辛めの味付けが、ごはんに合っている。カラメルみたいな甘めのタレより、こっちの方が好みだ。

もくもくと食べる。

まめくんと食べる時は、おしゃべりもするし、ＴＶも見たりするけれど、外で一人で食べる時は、スマホを弄ったりもしない。

天麩羅のうち、シソだけは衣が薄く、パリッとしていた。その葉の風味が、口の中を軽くしてくれる。少し焦げたタマネギのかき揚げはとろりとしていて、とても甘かった。

ミニなので、あっというまに食べ終わってしまったが、豆腐が主食の今のめぐりには、これだけでも十分な量だった。

蕎麦はむしろ食べてもらって助かった。とても入らなかっただろう。

「……ごちそうさま」

箸を置いて小さく呟くと、

――ミセノウラニイッテミロ。

蕎麦の器から、そう声がした。え、と思い、めぐりはもう一度耳を澄ませたが、丼はもう何も話してはくれなかった。

（なんだろう、今の）

温(ぬる)くなったお茶で口の中の油をさっぱりとさせて、めぐりは席を立った。

ただ金庫を置いてあるだけのレジで、代金の八百八十円を払って、めぐりは店を出た。

ランチ代としては普通だ。この辺りではむしろ良心的な値段だと思う。

（そういえば、裏に行けって……）

半信半疑で、めぐりは路地をぐるりと回った。

「わ」

思わず、声が出てしまった。

猫がいた。

ダンボールの上に寝そべっていたが、めぐりの気配にさっと体を起こし、黄色い目でじっと見つめてくる。

その手前に、汚れた茶碗が置かれていた。絵付けがされていて、年代物に見えるけれども、付喪神にはなっていない。

猫の餌入れだろう。このぞんざいな感じは、店で飼っているわけではないようだ。黒縄商店街の猫たちと同じ地域猫なのか、余所の猫なのだろう。

そういえば、人の家に餌を貰いに回る猫がいると聞いたことがある。そこでは本当の名前とは別の名前で呼ばれているとか。

猫にとっては、人がつける名前など、どうでもいいことなのかもしれない。

だけど、蕎麦の器はどうしてここへ行けだなんて――と首を捻っためぐりは、そのままの格好で、あ、と閃いた。

そうだ、これだ。

お礼のつもりだとしたら、あの丼は大したものだ。めぐりの心を読み、的確に、欲しいものをよこしたのだから。

単に、猫を見せたかっただけかもしれないけれど。

でも、どちらでもよかった。とにかく、きっかけをつかんだのだから。これで、課題のひとつは、クリアできる気がする。

「ありがとねっ」

めぐりはそう猫に言って、踵を返した。

背中で、にゃあ、と聞こえたが、猫が返事をしたのかどうかはわからなかった。尾の先は、二つに割れていただろうか？

7

すべての店が、等しく利益を出すのは無理だ。

食べ物系はともかく、例えば美容室なんかはいくら人が集まっても集客には繋がらない。

そこで、めぐりが思いついたのは『猫のごはん』だった。

商店街の猫を愛(め)でるだけでなく、猫カフェのようにご飯をあげることができるようにする。

あげるごはんは、商店街で購入してもらう。

商店街で購入した専用品以外はあげてはいけないという仕組みにして、その売り上げを均等に分配すれば、文句は出ないんじゃないだろうか。

実際に猫のごはんを販売する店舗には、手数料を上乗せするとかすれば、不公平だなんだであまり揉(も)めない気がする。

とはいえ、これは課題の一方でしかない。

もうひとつの方が、より難題だった。

猫頼みではない、妖怪の仕事を考えろ——社長の言い分はもっともだけれど、そう簡単に思いつくものじゃない。

しかも、なんでもいいわけではないのだ。妖怪らしく働ける仕事、という条件がつく。

この前のハロウィンパレードのように。

「——そういえば、あんたんとこの、ひとでなしの社長、元気？」

実に的確なタイミングの、甘い梅酒でとろりと回った酔いが醒めるような質問に、めぐりは我に返った。

呑みの席で仕事のことばかり考えてたら、友達たちを退屈させてしまう。

愚痴はいいけれど、相談はできない。

めぐりは苦笑いを浮かべて、同じようにちょっと酔いの回った顔の友人——孝実を見た。

彼女には以前の飲み会で、伊予里のことを話したことがある。

もちろん、彼の正体については一言も漏らしていない。漏らしたところで、信じはしないだろうけれど。

あの時も酔っていたせいで、本当の意味からは微妙にずれて、それをそのまま受け取ってもらえて、むしろよかった。

今日の参加者は、めぐりを含めて四人。

孝実、亜貴、百合とは大学からの付き合いで、卒業後もこうしてたまに会っている。

場所はいつも同じで、めぐりが予約を取る。

大抵は、居酒屋『やしおり』。

何でいつも居酒屋？　と時々言われるけれど、おいしいお酒とおいしい料理があるから、そんな不満もすぐにどこかに行ってしまう。

「なになに？　めぐりのブラック企業の話？」

さっきまで散々、会社の先輩について悪口雑言を並べ立てていた亜貴が、店の自慢の自家製ポテトサラダの皿を腕で押しのけるようにして、テーブルに身を乗り出してくる。

百合はいつものようにクールに、そんな亜貴をちらと見て、ひとりで日本酒を呑んでいる。

「そ。俺様社長の話。なんか気になっちゃって」

「えー、わたしは気弱系副社長の方が気になるなー」

二人ともこの手の話が好きなようで、グラスを嘗めながら、視線だけはしっかりとめぐりを捉えている。

めぐりは、苦笑いしか出なかったけれど、嫌ではない。

休日を潰して遊んだり、いっしょに買い物に行くような仲ではなくなったが、皆、勤め先は違うから、遠慮なく愚痴が言えるのがいい。

　もっとも、めぐりの会社員歴は三人に比べるとずっと短いので、彼女たちにとっては、いじり甲斐があるのだろうとは思う。

「どうなの？　アプローチとかされないの？　あんたの他は、お局様だけなんでしょ？」

　そうだけど、何百歳かもわからない。

「二人とも結婚してないんでしょ？　あ、でも彼女はいるか……何たって、社長だもんね」

「いやいや、わかんないわよ？　ベンチャーだと、激務でそれどころじゃないって社長、結構知ってるし」

　孝実は信金の融資課なので、社長を知る機会も多いらしい。といっても、実際に融資の話をするわけではなく、資料をまとめたりするだけらしいけれど。

「イベント企画会社って、ベンチャー？」

「……そう言われると……別に革新的なことしてるわけじゃないから、中小企業か」

　ベンチャーだと思う。

　妖怪に仕事を斡旋する会社など、他にないと思うから。

「ま、社長は社長よ」

「まあね」

　酔いが滲む声が、わずかに弾んでいる。自分のことなら死んでも厭だけれど、人の話なら面白い——そういうものだ。

めぐりは加わらず、曖昧(あいまい)に笑んだ。

社長は事実、ひとでなしだけれども、決して、ブラック企業ではない。

もちろん仕事は大変だし、社長の無茶を形にするのは一苦労だけれども、そんなのどんな仕事もそうだろう。

バイト時代にはよくあったことだけれども、『10(テン)グーロウ』では、女だからというだけで下に見られていると感じたことはない。

単に、彼らには人の男女の区別がついていないだけかもしれないけれど。

……人には欲情しない、ときっぱりと言われたし。

それよりも。

むしろ大変なのは、こちらが仕事を頼む、妖怪たちの方だ。

うちが仕事を斡旋する立場ではあるけれど、誰でもいいという場合もあれば、その妖怪でないと成立しないという企画もあるから、力関係は微妙になる。

トラブルも、そちらの方がずっと多い。

基本、話し合いで解決を計るのだけれども、どうしようもない場合、伊予里が力ずくで、ということも――ある。

ちょっと、野蛮。

「――あー、でも、やっと寒くなってきてくれて、助かるわあ……」

陽に焼けた顔を緩めて、焼酎のロックを嘗めている亜貴が、思いが口からあふれ出したみたいに言った。

暗めの茶に染めた髪をまとめてバレットで留めて剝き出しになった、そこだけ陽に焼けていないうなじが、ＬＥＤ照明の下でほんのりと赤い。

「うちの課長、汗臭くてさあ……髪もいっつもべたーって感じだし、やんなっちゃう」

「それこそ、スメハラじゃん。訴えたら？」

孝実が細いグラスを揺らすと、ビールがしゅわしゅわと泡を生む。

「誰に？　裁判でもやれっての？」

亜貴は、下唇を突き出した。

「それは――」

「まずは上司でしょうね」

くいくいと手酌で日本酒を呑んで、それまで黙って聞いていた百合が、少しも酔いを感じさせない声で言った。すでにひとりで二合は呑んでいるのに酔った様子がない。

とはいえ、日本酒は単価が高い。割り勘だと割に合わないので、お酒は代金に含まないのが四人のルールだ。

「部長に言ってみたら？」

「言った言った」

はああ、と大きく息を吐いて、亜貴はグラスをテーブルに置いた。結露した水滴が流れて、白木の天板に染みを作る。

「我慢しろ、だってさ」

「……まあ、難しいわよね。身体的なことだし。気を遣え、って話ではあるんだけど、本人は気づいてないって場合も多いし」

「ほんと、それ」

亜貴は水色のネイルを施した人差し指を、百合に向けた。

「わかってないのよ、ほんと。そんなだから、婚活がちっともうまくいかなくて、アラフォーで独身なんだってーの」

周囲のテーブルで呑んでいるおじさんたちの会話が一瞬、錆びついたみたいに止まった気がしたが、きっと気のせいだろう。

あはは、と孝実が笑う。

「さすがに、それはひどくないー？　課長、泣いちゃうよ？」

「いいの！　どうせ向こうだって、こっちのことをあれこれ言って、酒のつまみにしてるんだから。そういうもんでしょ？」

どろりとした目で、周囲のテーブルをちらりと見る。

誰もこちらのことなど気にしていないように見えるが、亜貴の言う通り、少し耳をそばだてれば、似たような話がどこからも、大なり小なり聞こえてくる。

「……ごめん、ちょっと」

めぐりはそう言って、ポーチを手に席を立った。

サラリーマンたちの丸められた背中の間を抜けて、トイレに入る。

小さな店の場合、男女兼用のところもあるが、ここはちゃんと分かれている。女性用の個室はひとつしかないが、ちゃんと化粧台もあって広い。

ふう、と息をつくと、

「……あいつら、今度はおまえの悪口を言っているよ？」

上のほうから、幼い声がした。

人ではない。

「また、そんなこと言って……それは、悪口とは違いますよ。いない子のことをあれこれ言うのは、みんなしますけど、本当に嫌いなら、こんなふうに一緒に呑んだりしません」

「度し難い(がたい)のう」

「女の子の付き合いっていうのは、そういうものなんです」

用を足し終えて立ち上がって流し、蓋(ふた)を閉めると、声の主(ぬし)が天井からふわりと音もなく降りてきて、その蓋の上に座った。

女の子の振袖(ふりそで)を着た、小さな男の子だ。

「おまえのように、ちゃんと蓋を閉じてくれると、わしは嬉しい」

「よかったです」

すう、と振袖の男の子は消えた。

今の男の子は、世間ではいわゆる『トイレの神様』と呼ばれる存在だ。

こういう店でしか、めぐりは呑まない。

彼は力が強いので、他の妖がいないから、安心して過ごせる。彼が本当に神様かどうかはわからないけれど、人ではない、不思議な存在なのは確かだった。

「――そうだ、これ見て？」

席に戻ると、もう話題が変わっていて、亜貴が鞄から小さな手帳を出したところだった。

「今、はまってるんだよねー」

「なにそれ？」

孝実が揺れながら首を伸ばす。本当に伸びやしないかと思ってしまうのは、伊予里たちに相当毒されている、もしくは、酔っているのだろう。

亜貴が開いた手帳は、頁が折りたたまれていて、広げると一枚の紙になるようにできていた。

そこに、朱色のスタンプが押されていて、その上に達者な字で何かが書いてある。達筆すぎて読めないのも多い。神社、というのは読める。

「ああ、御朱印ね」

お猪口に頰を寄せるようにして、首を傾げた百合が頷く。とろんとして艶っぽい。

「御朱印？」

孝実が首を捻る。

「お寺や神社でいただける、参拝の記念みたいなものね、今は」

「ふうん……なんでそんなの集めてるの？　亜貴」

「きっかけは、お宮コンなんだけど」

また知らない言葉が出てきた、と思いながら、めぐりは席についた。

「お宮コン、っていうのは、うちの近所の神社が開催した合コンなんだけど、参加したら、そこの御朱印が押された御朱印帳が貰えたの。なんていうか、眺めてたら、ありがたーい、っていうか、幸せになれそうっていうか、そんな感じがして」

「……あんたって、そういう子だっけ？」

孝実が怪訝そうに眉を顰める。

「あら、流行ってるのよ？」

助け船を出すように、百合が言った。

「集めてる女子は《御朱印ガール》とか呼ばれてて。有名なところの限定御朱印になると、朝から何時間も並ぶんだそうよ」

　そうそう、と亜貴が頷くと、孝実が目を瞬いた。

「百合、詳しいね」

「そう？　ちょっと前によくメディアで取り上げられてたけど？」

　いつものことだけれども、百合の物言いが孝実の気に障るんじゃないかと、めぐりはハラハラしたが、孝実はこれもいつものように、へえそうなんだ、と気にした様子もなかった。

　気の回しすぎ、とはよく言われるが、これはもう性分だから仕方がない。

「わたしも、はまっちゃってさー」

　うふふ、と亜貴は笑った。

「見てよ、ほら。もうすぐ片面埋まるんだー」

　引いて開くと、なかなか壮観だった。書に詳しいわけではないけれど、それでも、うまいなあ、と思える。

「神社は神社って書いてあるんだね。それ以外がお寺？」

　めぐりが訊くと、たぶん、と亜貴は首を傾げた。よくわかっていないらしい。百合を皆が見る。彼女はお猪口をぐいとやると、だいたいそう、と言った。

「神社の御朱印は、社紋や社印に社名を書く場合がほとんどだけど、お寺さんのは、そのお寺さんが安置してる御本尊の朱印に、御本尊の名前が書かれるから」

「詳しいね、百合」

「……うち、実家が神社だからね」

さらりと彼女たちには初耳のことを言ってのける。亜貴と孝実は目を瞠った。だが百合は、これ以上は言わない、といわんばかりに払うように手を振った。

誰にも、いろいろとある。

けれど、めぐりは百合が神社の一人娘だということを、知り合ってすぐに知った。彼女の方から教えてくれたのだ。

——あなた、視えてるんじゃない？

二人きりになった時に、そう訊かれたのだ。

あまりに突然のことだったので、即座に否定することができず、肯定したも同じになってしまった。

——実家の仕事柄、視えてる人をそれなりに知ってるの。あなたの態度、その人たちと同じだったから。

めぐりは観念して、視えることを認めた。

すると百合は、やっぱり、と頷いて、

——だからって、わたしには何もできないんだけど。死んじゃったおじいちゃんみたいな神通力もないし。あ、ごめん。両親もないんだ。だから、どうしてあげることもできない。

と、身も蓋もなく言った。

けれども。

――でも、わたしは視えてることを知ってるし、それを変だとも思わないから、そこは安心して。

ぽん、と肩を叩かれて。

それがどれほど救いをもたらす言葉だったか、きっと百合にはわからないだろう。めぐりにとっては初めての、いつ知られるか、と怯(おび)えなくても済む他人だった。

とはいえ、妖怪の会社に就職したことは言っていない。

さすがに引かれるんじゃないかと思うと、言えない。

亜貴と孝実には、視えることも話していないけれど、彼女たちは時々挙動不審になるめぐりを、けらけらと笑うことはあっても、気味悪がることはないので、今も友人でいられる。

「えっと……そんなに流行ってるの？」

めぐりが少しぎこちなく亜貴に話を振ると、彼女は、ん？　と言って、

「だと思う。ツアーみたいなのもあるし、本もたくさん出てるよ。わたしも何冊が買ったし。雑誌の特集なんかだと、御朱印のことだけじゃなくて、周辺のおいしいお店とか、そ

ういう情報も載ってるから便利なんだよね」

　亜貴は自慢げに御朱印を見せびらかす。

「ねえねえ、恋愛に効く御朱印とかもあるの？」

　にじりながら孝実が訊く。なんだかんだで興味はそそられたらしい。

「ないでしょ」

　言下に百合が否定する。

「え、そうなの？」

「御守りじゃないんだし。わたしもそんなに詳しいわけじゃないけど、御朱印はそもそも、鎌倉時代以前に、写経した経文をお寺に納めた証として授けられる領収書みたいなものだったはずよ？」

「領収書かあ……」

　亜貴がちょっとがっかりしたように言ったので、

「えっと、神社のも？」

　とめぐりは慌てて訊いた。

「神社に納経はしないわよ」

「え？　じゃあ、なんで神社でも御朱印が貰えるの？」

「さあ？　明治時代になってから、神社でも始まったらしいけど。参拝の証に特別な何かが欲しいって、お参りした人たちが思ったんじゃない？」

「いいの？　それ」

「まあ、お寺さんでも、江戸時代にはもう今みたいに納経しなくても貰えるようになったみたいだから」

「つまり、記念スタンプみたいなもの？」

「その言い方は、ちょっと引っかかるけど……神社ともお寺とも関係ない、お城の御朱印なんかはそうよね。神社の御朱印は、御守りと違って、それ自体には明確な御利益は期待できないと思うけど、参拝したことには意味があるから、そういう意味では御利益はあるとも言えるんじゃないかな」

めぐりたちは顔を見合わせた。

よく、わからない。

百合は少しばつが悪そうに微笑んだ。

「まあ、つまりあれ。大事なのは御朱印じゃなくて、参拝したってこと。御朱印はあくまでもそのお印」

「そういえば、貰う前に必ずお参りしましょう、って書いてあった」

「参拝と合わせて初めてその御朱印には意味が籠（こも）ると思うから、人の御朱印を貰っても意味がないってことを言いたかっただけ」

そう、百合は締めくくった。

何だかんだで神社の家の娘だから、最近のブームには一家言あるのかもしれない。

「じゃあ、いらない？」

亜貴が挟んであった紙を取り出して、ひらひらと振った。御朱印が押されている。

「書き置きも貰ったの？」

百合が訊くと、そ、と亜貴は笑んだ。

「書き置き？」

孝実が首を捻る。

「朱印帳を持っていない人も貰えるように、紙に書いたものもあるのよ」

「そうそう。こないだ行ったとこは社務所もなくて、自分でお金入れて持ってくるタイプだったから、みんなの分も、って思って。いらない？」

「もらう！」

「お金は払ってよ？　そうでないと御利益ないから」

百合は何か言いそうだったが、何も言わなかった。孝実はすこしうきうきと、百合は事務的に、めぐりは迷いながら二百円だというので、お金を払って御朱印を受け取った。

「これ、カラーコピー？」

孝実の言葉によく見ると、確かにそう思えた。

「そうなんだよねえ。だから、さすがにこの御朱印帳に貼るのはちょっとって思って、でもお土産にはいいかと思って、買ってきた」

百合の眉間に皺が刻まれる。

買う、という表現に、ちょっともやっときたのかもしれない。

とはいえ、日付のところだけ空いていて、自分で書き込むようになっているカラーコピーの御朱印には、さすがにありがたみは感じられない。

「やっぱり、その場で書いてもらわないとねえ……御利益が違うって感じ？」

再び自慢げに御朱印帳を見せびらかす。

いいなあ、と孝実は言ったけれど、亜貴は、じゃあいっしょに、と誘うことはしなかった。

孝実が本気なら彼女から、連れていけ、と言いだす。言わないということは、そこまでの興味はないということだ。その辺は、亜貴もわかっている。

（御朱印か……）

何かを思いつきそうだった。お城の御朱印があるのなら、商店街の御朱印があってもいいかもしれない。お店ごとなら？　それなら、スタンプラリーみたいにできる。

ただ——寂れた商店街の無名の店舗のそれを、わざわざ欲しがる人がいるのか、という問題はあるけれど。

「すいませーん」

亜貴は手を上げて、

「黒胡麻杏仁豆腐ください」

締めのデザートを頼んだ。

わたしも、とめぐりは手を上げ、孝実も、もうひとつ、と追加した。甘い物が苦手な百合はそれには加わらず、硝子の片口から残った日本酒をお猪口に注いだ。

☆

「……めぐり、大丈夫なの？」

店を出て、駅に向かう道すがら、百合がそう訊いてきて、めぐりは歩みを緩めた。

孝実たちは気づかずに先に行く。

「何が？」

「何だか、ずいぶん落ち着いて――というより、視えることに、前よりずっと慣れっこになってるように見えるから」

「そう？　やっと正社員になれたからじゃないかな？」

妖怪の会社だし、この先もうまくやっていけるのだろうかと思ってはいるけれども。

「だったらいいんだけど」

きゅ、と百合の形のいい眉間に皺が寄る。

「慣れすぎたら駄目よ。視えるのが当たり前になるのは——あまり、よくないわ。心が向こうに行ってしまって、戻れなくなった人もいるから」

それがどういうことなのかよくわからないけれど、これでもう、よもや妖怪と同居しているとは口が裂けても言えない、とは思った。

余計な心配をかけることになるし、まめ君のことを悪く言われたくはない。

「ありがと。でも、大丈夫。いまだって、突然、出てこられたりしたら飛び上がるくらい驚けるんだから。全然、慣れてないわよ」

それが本当かどうか確かめるように、百合はじっとめぐりの目を見つめた。

彼女がそこに何を見たのかは、わからない。百合は小さく嘆息すると、わかった、と言ってさっと歩き出し、孝実たちに追いついた。

めぐりは、あれ以上聞かれなかったことに胸を撫で下ろし、三人を追いかけた。

ふと気配を感じて振り返ると、居酒屋のトイレの神様が暖簾の隙間から半分顔を覗かせて、小さく手を振っていた。

めぐりも友人たちに気づかれないよう、手を軽く動かした。

「めぐりー！　カラオケ行くんでしょー！」

「あ、うん！　ごめん！」

めぐりは慌てて小走りに友人たちを追いかけた。本当はすぐにでも、もう少しアイデアを練りたかったけれど、友達付き合いはないがしろにはできない。

彼女たちは、ほとんど唯一の人の世界との繋がりだ。これを失ったら、自分の生活は、本当に妖怪ばかりになってしまう。

だから、とても大事だった。

☆

「めぐり、それ、なあに？」

小さなテーブルに手作りの杏仁豆腐を置きながら、まめ君は、濡れた髪にタオルを巻いてグレーのスウェットに着替えためぐりの、指のあいだの和紙を見て、首を傾げた。

「これ？　御朱印だって」

「ふうん」

向かいに座ったまめ君にもよく見えるように、書き置きの御朱印をテーブルに置く。それを眺めながら、めぐりはまめ君とスプーンを手にした。

居酒屋『やしおり』の黒胡麻杏仁豆腐もおいしいけれど、まめ君の杏仁豆腐と比べると、かなり落ちる。

まめ君の作る杏仁豆腐は、ぷるるっとして、口に入れるととろりんと崩れる。食べるというより飲むといった感じで、杏仁の香りがしっかりと鼻に抜けていく。

しかも、ローカロリー。

「知ってる？　御朱印」

うん、と頷いたまめ君の着物が、いつの間にか綿入りに変わっている。今夜は少し冷えるということなのだろうか。

「前に、店に来たお寺の小僧さんが、修行でよく書かされてるってぶつぶつ言ってたの、聞いたことがあるよ」

「小僧さんが書くの？」

「そう言ってた。和尚（おしょう）さん、忙しくてあまりお寺にいなかったみたいだから」

ふうん、とめぐりはスプーンを唇に挟んだまま動かした。

偉い人が書いてくれるわけではないのか。

でも、考えてみたら偉い人は忙しいだろうし、ブームとまで言われている状況なのだから、そういうものかもしれない。

「めぐり、お参りしてきたの？」

「え？　ううん、違う違う。友達から貰ったの。流行ってるんだって」

「ふうん……人って、そういうの好きだよね」

「昔の人もそうだった？」

「うん。僕が覚えてるのはお江戸の末くらいからだけど、その頃、お店は小さなお寺の門前だったから、たくさんの人が来てたよ」

　不意に、ふふ、とまめ君が目を細めて笑った。

「そういえば、化けることのできた柄杓が、時々、悪戯してたっけ」

「どんな？」

「こっそり、お客さんの納経帳に、自分の《紋》を押しちゃうの。あとで開けてみて、なんだこれ、ってびっくりしただろうなあ、って、その様子を想像して、けらけら笑うの」

　人を驚かして楽しむ――妖怪らしい悪戯だけれども、めぐりには、何がおかしいのか、ちょっとわからなかった。

「ねえ、まめ君。《もん》って？」

「えっとね、こういうの」

　まめ君は、傍にあったメモ帳をテーブルに置くと、小さな手を開いてその上に置いた。そうして、ゆっくりと手を上げると、赤い『◇』の中に『豆』という字があった。豆の字の口の部分の中心に、・が打たれている。

　まるで、判子だ。

「あ、わかった！　御朱印だ！」

「うん」

くすくすと、まめ君が笑う。

そういうことか。

お寺で御朱印を貰った帰りに豆腐屋に立ち寄って、帰って御朱印帳を開いてみたら、押してもらった憶えのない判子がある――きっと首を捻って不思議に思っただろう。

その姿を想像して、おもしろがっていたということだ。

「あれ？　でも、自分の《紋》ってどういうこと？」

「僕たち、化けたあとって同じ種類の付喪神（つくもがみ）だと、人ほど違いがないから、化けられるようになるとこういう《紋》を持つの。よほど名前の知れた大妖怪じゃなかったら、中々、見分けがつかないから」

「へえ……」

めぐりは、まめ君の《紋》をしげしげと見つめた。つまりこれは、まめ君だけの印、ということだ。つまり――。

（まめ君の、御朱印――）

あっ、と閃（ひらめ）いた。

バラバラだったヒントがひとつに繋がって、頭の中で輝いた。これならきっと、社長も納得してくれる。

「ありがとう、まめ君！」

めぐりはテーブル越しに、まめ君をぎゅっと抱きしめた。杏仁豆腐がこぼれそうになる。

小さな妖怪の男の子は、目を白黒させながら、

「な、なんだかわからないけど、ど、どういたしまして……」

と呟いて、少し心地が悪そうに身じろぎした。

8

『猫と、妖怪御朱印に出会える、縁と幸運と不思議の商店街』——翌日、パーテーションで区切っただけの会議室でめぐりのその提案を聞いた伊予里(いより)は、ふうむ、と呟(つぶや)いて、それきり黙ってしまった。

めぐりの企画の趣旨(しゅし)は、二つ。

ひとつは、猫と触れ合える商店街。

猫がいるというだけで人が集まることは、すでに猫島と呼ばれるような島にたくさんの

観光客が沢山訪れていることからも、実証されている。

だが、それで商店街が盛り上がっても、うちの会社が妖怪に回せる仕事はない。妖怪らしい仕事など、普通の商店街にあるはずがない。

そこで《御朱印》だ。

とはいえあそこには寺も神社もないから、別のものを《御朱印》として成立させる。

それが、妖怪の《紋》。

一般的に、《御朱印》は五百円が相場だから、それ自体が商売になる。

まめ君の話だと、《紋》自体はいたずらで使うくらいだから押し惜しみをするようなものではないということだったが、違うのだろうか？

「あ、あの！　御朱印集めは今とても流行っていて、期間とかが限定の御朱印には、それを目当てにたくさんの人が来るという話で——」

「そいつは聞いた」

気にしているのはそこじゃない、と言外に言われ、めぐりは黙った。

「だが、黒縄商店街には、寺も神社もなけりゃ、妖怪の言い伝えがあるわけでもない。土地に由来もない妖怪御朱印なんてもんをありがたがって、人が集まるか？」

「ないなら、作ればいいんです」

めぐりは強気にぐいと出た。

「猫が多いのは、黒縄商店街にはかつて幸せを呼ぶ猫又が住み着いていたから、ということにします。実際、今も珠美さんはあそこに住んでますし、猫が多いのはあの人のおかげですから、まったく嘘ってわけじゃないですし。それを軸にできれば、他の妖怪の御朱印を出しても、違和感はないと思います」

「なんだよ、幸せを呼ぶ猫又って」

「招き猫だって考えようによっては猫又ですよ。あんな猫いないんですから」

それはそうかも、と古予里が笑った。

援軍を得た気持ちで、めぐりは続けた。

「それに、誰も、黒縄商店街に猫又がいなかったって証明なんかできません。なんなら本当にいるんですし。言ったもの勝ちだと思います！」

ふうむ、と伊予里は唸った。

「……どう思う、古予里？」

「いいんじゃないかな。ただ猫がいるっていうより、猫が集まるのは猫又がいたからっていう方が、人間は納得するよ。人は何事にも理屈をつけたい輩だからね。僕たちの仲間には、そうやって生まれた存在も少なくないわけだし」

めぐりは首を傾げた。

「どういう意味ですか？」

「例えば……『枕返し』って妖怪、知ってる？」

　めぐりは首を振った。

「寝ている間に枕を足元に移動するっていう悪戯（いたずら）をする妖怪なんだけど、今だったら単に寝相が悪いってだけの話だよね？　だけど、昔の人はそれを妖怪の仕業（しわざ）だと考えたんだ」

「へえ……」

「それまでそんな妖怪はいなかった。けど、多くの人がそう考えたことで、本当にそういう妖怪が生まれた。現象が意味を得たことで形を成す——そうして生まれる妖怪もいるんだ」

「俺たちは違うけどな」

　どこか誇らしげに伊予里は言った。

「おまえのとこの豆腐小僧（とうふこぞう）みたいに器物がももとせを経（へ）て妖（あやかし）になる場合もありゃあ、人が恨みを抱いて鬼と化すこともある。色々さ」

「ももとせ？」

「百年ってこと」

　と、古予里が説明してくれた。社長は時々聞き慣れない言葉を使うので戸惑（とまど）う。

「……《御朱印》って名称はどう思う？　兄さん」

「気にすることはねえだろ。あの辺に寺社はねえんだし、そもそも朱の印はみんな朱印だ。

ブームに乗っかろうとしてるのはその通りだが、寺社以外が朱印を押しちゃなんねえって決まりがあるわけじゃねえ」

古予里は頷いた。

「……よし、いいだろう」

伊予里は、ぱん、と手を叩いた。

「え——いいんですか？」

「なんだ、駄目だって言ってほしいのか？」

「い、いえいえ！」

慌てて首を振った。

「では早速、資料をまとめて、化け猫さんとの交渉に行ってまいります！」

「……兄さん、僕もついていっていいかな？」

古予里が僅かに腰を浮かして、そう言った。

「縄手の大古猫と記されるからには、大妖とまでは言わなくてもそれなりの古妖ではあるはずだ。めぐりちゃんを一人で行かせるのは心配だよ」

「めぐりに甘いねえ、古予里は」

伊予里は鳥類図鑑から目を上げずに言った、

「——どうする、此花めぐり。お守りが必要か？」

「大丈夫です！」

「でも――」

心配そうに眉間に皺を寄せた古予里に、めぐりはぐっと拳を握ってみせた。

「大丈夫です、副社長！　いざとなれば、社長に貰ったこの社員証もありますし。――そうですよね、社長？」

「ああ。俺の《紋》は、どんな大古猫だろうと関係ねえ。おまえを傷つけたりはできねえさ。それに、交渉なんて面倒なことをせずとも、突きつけりゃあ、たちまち平伏させられるんじゃあねえか？」

「そんな使い方はしません」

それは交渉ではない。脅迫だ。そんなやり方をしたら、ただの一回ならうまくいくかもしれないけれど、恒久的にイベントを続けることはできない。

「まあ、おまえに任せたんだ。おまえのやり方で交渉してみりゃあいい。それなりに俺たちみてえな連中との付き合いも長えんだ」

「はい！」

「兄さん……」

どこか呆れたように呟く古予里をありがたいと思いつつ、めぐりは席を立った。

とにかく、早急に資料をまとめて、縄手の大古猫に会いに行かなくては。そうしなければ何も始まらない。

　古予里は諦めたみたいに、小さく息をついた。パーテーションの向こうで、宇貝さんが叩くキーボードが、躍るように軽やかなリズムを立てている。

「それじゃあ、ひとつだけ」

　古予里は真面目な顔で、じっとめぐりを見つめた。

「妖はとても耳聡い。どこからか聞きつけて、思ってもみなかった妖が寄ってきたりすることがあるから、十分に気をつけて」

☆

　大古猫の珠美さんの家は、すぐにわかった。彼女は、社長と同じように、この商店街で人として暮らしていて、

「ここの猫ちゃんたちは、誰かが世話をしているんですか？」

　と、通りがかりのお年寄りに訊いたら、

「あそこの『猫ババア』だよ」

　と、あっさり教えてもらえた。

　シャッターに錆が浮いた、ずいぶん前に閉店したらしい二つの店の間の路地。

薄暗いその奥に向かって、植木鉢(ばち)が並んでいる。大きさも形もまちまち。

植えたものなのか、雑草なのか、わからない草が生えていて、あまり手入れをされているようには見えない。その鉢のせいで、狭い路地がますます狭くなっている。ビルの間で、空は細く切り取られていて、陽はほとんど届かないことを思えば、きっと雑草なのだろう。

（うわあ……）

声には出さなかったけれど、出そうになった。

行き止まりは引き戸の玄関になっていて、大きな招き猫が置かれていた。よくお蕎麦(そば)屋さんの玄関先に置かれている信楽焼(しがらきやき)の狸ほどもある。

右手を上げているけれど、お金と人、どちらを招くのだったろうか。

めぐりは、雨風のせいで汚れている白い招き猫をまじまじと見た。

（本物……？）

大古猫が化けているということはないだろうか？　そのぐらいの悪戯なら、連中は平気でする。縦(たて)に割れた大きな瞳が突然動いて、こっちが飛び上がるのを楽しむ。

けれど、いくら待っても動かず、めぐりはその額(ひたい)をこつんと叩いた。

どうやら、本物らしい。

よく見ると、招き猫の奥に呼び鈴のボタンを見つけた。インターフォンなんかじゃない。

音はブーかピンポンかわからないけれど、本当に来訪を知らせるだけのものだ。

　腕を伸ばし、めぐりはボタンに触れた。

　けれど、すぐには押せなかった。

　別に、今回に限った話じゃない。飛び込みは、どうしたって緊張する。アポもなく、勝手にこちらが押しかけるのだから、まず、友好的な反応は返ってこない。

　とはいえ、自分はまだ楽な方だ。

　今日はこんなふうに飛び込みになったけれど、いつもは大体、約束があってから訪ねる。飛び込み営業には頭が下る——相手は妖怪ではないだろうけど。

　深呼吸をして、めぐりはボタンを押した。

　遠くで、ブー、という音がした。

　手を引っ込め、手早く髪を整え、咳払いをして背筋を伸ばした。笑顔は引き攣っていないだろうか？

　しばらくして、引き戸のすりガラスの向こうに大きな影が映った。

「——帰んな！」

　怒声に引き戸ががたがたと鳴り、めぐりのうなじの毛が逆立った。

「うちにはテレビはにゃいし！　髭の役にも立たない町会費なんぞ誰が払うもんかい！」

　にゃいって言った。

「ええと……」

　おかげで、ほんの少し、恐怖が薄れた。

「あの、わたしはＮＨＫの集金人でも、町内会の人間でもありません。実は——」

「じゃあ、セールスかい！　帰れっ！」

　にゃー、と怒った猫たちの声が重なって聞こえて、めぐりは思わず首を竦めた。

　思わず閉じてしまった目を開けたとき、すりガラスの向こうにもう影はなく、もう一度、呼び鈴を押したが、今度は鳴らなかった。

　しくり、と胃が痛んだ。

　こんなことは日常茶飯事だけれども、だからといって慣れるわけではなかった。社長なら、向こうが根負けするまで呼び鈴を押しまくり、それでも反応がなかったら、ドアをバンバン叩くのだろうけれど、めぐりにそんなことはできなかった。

　とはいえ、できませんでした、で済む話でもない。

　めぐりはシャツの上から胃の辺りを一撫でして、すう、と息を吸った。

　引き戸を叩く。

　けれど、どういう仕組みか、音がしなかった。確かに揺れたのに、まったく何の音も。きっと、大古猫がどうにかして音を消しているのだ。他に理由は考えられない。

　完全拒否。

　こうなってしまったら、交渉もなにもない。

「……また来ます！」

この声だって届いているかわからなかったけれど、そう言い置いて、めぐりは踵を返した。

とにかくこの企画の趣旨の説明だけでもしなかったら、今日は帰れない。少し時間を置いて、もう一度訪ねてみるしかない。

路地を出ると、空気がはっきりと緩んだ。めぐりは自分がずいぶん緊張していたことに気づいた、肩が重い。トートを下ろして首を回すと、ごりごりと音がした。

（さて、と）

時間を潰そうにも黒縄商店街には名の知れたファストフードやコーヒーショップは、出店していない。駅まで戻ればあるのはわかっているけれど、戻ってくるのは面倒だ。

（どこかに喫茶店があったと思うけど……）

資料で見た気がする。

この前来た時は見つけられなかったけれど、休みだったのかもしれない。シャッターを下ろしてしまえば、定休日なのか、それとも永久に閉店なのか、区別はつかない。

市場と呼ばれている集合ストアを通りがかったとき、足元を何かがさっと走りぬけていき、めぐりは、小さく悲鳴を上げた。

「待てこら！」

けれどそんな声など簡単に塗りつぶす怒声と共に、男が飛び出してきて、危うくぶつかりそうになった。

「うわっと！」

すんでのところで男は体を捻り、たたらを踏んでなんとか踏みとどまった。

「すまねえ——って、あれ？　あんた——」

鮮魚店の主人だった。

めぐりは、向こうが自分を覚えていたことに軽く驚きつつ、

「危ないですよ？」

あえて、非難めいた言葉を口にした。続けて、

「どうしたんですか？」

そう訊く。

負い目を感じさせてるようなことを言ってから尋ねれば、こっちには訊く権利がある、と思わせることが出来て、話を引き出しやすい。

実際、主人は駆けていった影を追いかけるのをやめて、いらだち混じりの溜息をついた。

「……猫だよ。ちょっと目を離した隙に、切り身をやられたんだ。……あの猫ババア。野良を手懐けておいて、ちゃんと餌をやってねえんだ。今度こそ、弁償してもらう！」

憤懣やるかたない、とばかりに、拳を握り締めている。

「……っと、悪い。あんたには関係のない話だったな。要するに、泥棒猫を追いかけてぶつかりそうになったんだ。すまなかった」

「いえ、ぶつからなかったので、大丈夫です。それより、その切り身、おいくらですか？」

主人は、えっ、と不可思議そうな顔になった。

「いや、あんたには関係ないことだから――」

「いいんです。わたし、ちょっとその猫ババアさんに会わなくちゃならないんで、丁度、理由が欲しかったんです。代金を立て替えたなら、立派な理由になるんじゃないかと思って」

にっこりと微笑んで、財布を出す。

「そうかい……？　それじゃあ――」

めぐりは主人の言い値をその場で払うと、白い長財布のジッパーを、小気味よい音を立てて閉めた。

☆

「……入んな」

路地に取って返し、巨大な招き猫の前に立つと、呼び鈴を押す前にがらりと大きな音を立てて引き戸が開いて、家の女主人の声がそう届いた。

一瞬、躊躇ったものの、めぐりは、えいやっ、と引き戸のレールを跨ぎ越えた。

二の腕の産毛が逆立つ。ここは異界だという、肉体の警告だ。

特別力の強い妖の傍に行ったりすると、こんなふうにちりちりと肌が痛む。この比ではないけれども、社長が怒った時も似た感じを受ける。

中に入ると、ひとりでに戸が閉まった。

退路を絶たれ、めぐりはごくりと唾を飲み込んだ。社員証は信頼しているけれど、ここはいわば大古猫の腹の中だ。やっぱり緊張はする。

「とっとと、あがんな。ああ、スリッパなんてご立派なもんはないからね。足裏が汚れたって文句は言うんじゃないよ?」

まるですぐ目の前で話しているみたいによく聞こえるのに、どこにも姿はない。

「……お邪魔します」

めぐりはローヒールのパンプスを脱ぎ、くるりと返して揃えた。その間も視線を感じる。それもひとつではない。ちくちくする。

体を起こして家の奥へと向き直ると、正体がわかった。猫だ。

靴箱の陰や、梁の上。壺の後ろに、花瓶の陰――ありとあらゆるところから、あるいは座って、あるいは伏せて、こっちを見ている。

いずれも成猫（せいびょう）で、柄もまちまちだった。仔猫の姿はない。確認できる限りでは、尻尾の先が二つに割れてはいないから、普通の猫たちだろう。猫は化けられるようになると、尻尾が割れるらしいので。

うちの一匹である三毛猫が、すとんと廊下に下りて、先に立って歩き出した。

めぐりがついてこないとわかると立ち止まり、振り返って、にゃあ、と鳴いた。そうしてまた歩き出す。

（ついてこいってことね）

トートを肩にかけ直し、めぐりは三毛のあとをついていった。

そんなに暗いわけではないのに、一メートル先は闇に塗りこめられたみたいに見えない。進んだ分だけ視界が開ける。

やがて、少しだけ開いたドアが現れた。ノブから下の部分には、細い線のような引っ掻き傷が、たくさんについている。これが猫の仕業でなかったら、かなり怖い。

三毛猫は、僅（わず）かに空いた隙間に器用に手を入れて、自分の頭が通る分だけドアを開けると、ぬるりと中に入ってしまった。

隠し切れない獣臭（けものしゅう）が、漂ってくる。

「……失礼しまーす」

めぐりはノブを摘（つま）むように持って、ドアを開けた。

（わ！）

思わず声を上げそうになったけれど、何とか我慢した。

部屋の真ん中に置かれたちゃぶ台の向こうに、太った老女が一人、座っていた。

膝（ひざ）の上に、さっきの三毛がいる。その周りにも、猫、猫、猫。薄暗い部屋の中で硝子（ガラス）みたいな目玉が光って見える。

どの猫もおとなしく座っているけれど、尻尾は長いのも短いのも、ぱたりぱたりと毛羽立ったカーペットを叩いていた。

一見、人のように見えるけれど、丸い顔の老女の口はやけに大きく、笑っているように吊り上がっている。猫の耳こそないが、薄く閉じた瞳も口と同じく端が吊れていた。

「鴉（からす）の気配がするねえ」

社長の正体を、ずばりと老女は言い当てた。

「噂（うわさ）は聞いてるよ。妖（あやかし）に仕事を斡旋（あっせん）している物好きがいるってのはね。わたしは仕事の世話を頼んだ憶えはないよ」

「ええと……今日はそういうご相談ではなくて――」

「座んな。見下ろされてると、気分が悪い」

「あ、すいません」

めぐりはトートを下ろすと、カーペットの上に正座した。たぶん、ズボンは猫の毛だらけになっているだろう。

　どう切り出したらいいだろうか、と迷っていると、

「……魚屋の主に金を払ったのは何故だい？　猫を哀れんでかい？」

　老女の方から話を振ってくれた。

「いえ、哀れに思ったのでも、善意でもないです。あの猫は、こちらに関係があるみたいでしたので、代金を立て替えれば、会っていただけるかな、と」

　ふん、と老女は鼻を鳴らした。笑ったのかもしれない。

「ただの人間かと思ったら、鴉の手下だけのことはあるね。ずるがしこい」

　めぐりは否定しなかった。

　ずるとは思わないけれど、それを口にしても相手の気分を害するだけだ。

「……いいだろう。切り身の分の話は聞こうじゃないか」

「ありがとうございます」

　めぐりは猫たちを驚かさないようゆっくりと、トートバッグから、プリントアウトした商店街活性化計画の資料を取り出し、ちゃぶ台の上に置いた。

　タブレット端末にも同じ資料は入っているけれど、相手は妖怪だ。意図的でなくても、何かの拍子に壊してしまうことがある。なので、初対面の妖怪へのプレゼンは、紙の資料で行うようにしている。

猫を撫でるのをやめて、大古猫は資料を手にした。間違いなく人の手なのだけれど、爪がやけに尖って鋭い。

薄暗がりの中で、大古猫は細く閉じた目をさらに細くして、めぐりの作った資料を読んだ。

緊張しながら待つ。

猫たちにとっても悪い話ではないと思う。餌がもらえるようになれば店の品物を盗むようなことをしなくなるだろうし、厄介がられることなく、ここに住み暮らせるのだ。

だが、彼女はそれをちゃぶ台の上に戻すと、

「冗談じゃないね」

と言った。

「え？」

「この子たちを見世物にして、一儲けしようっていうことだろう？　身勝手な人間の考えそうなことさね。どうしてそんなものに、わたしらが協力しなくちゃならないんだい？」

「猫たちが商店街の人たちに邪魔にされなくなる環境を作れます。うまくいけば、邪魔者どころか、ありがたがられると思います。それは、ここにいる猫たちにとって、いいことじゃありませんか？」

「食べ物なら今も十分にやってるよ。それでも切り身を盗ったりするのは、別に腹が空い

てるからってわけじゃない。そこに食べ物があれば取るさ。猫だからね。水族館の鮫が同じ水槽の魚を食べないのとは違うんだ」

「そ、そうなんですか……」

お腹が一杯になっていれば、盗んだりはしないと思っていた。

「食べ物を恵んでもらえるからって、はいそうですか、と尻尾を振ると思ってたのかい？犬じゃあないんだ。馬鹿にしてもらっちゃ困るね」

そんなつもりはなかったけれど、とっさに返せる言葉はなかった。

「大体、この子たちに何の益があるんだい？　この子たちだって、別段、こんな暮らしを望んでいるわけじゃあない。猫ってのはね、昔っから、生きてるうちは人と暮らすのが幸せなんだ。なのに、本当の自分の家のないこの子たちを見世物にして、見世物にされて、それでこの子たちにどんな益があるんだい？」

「それは――」

咄嗟には思いつけなかった。猫たちが、じっと見つめてくる。

「……切り身の分の話は聞いたよ。それに、わたしも猫も、いい加減、あんたの匂いには限界だ。ああ、臭い」

大古猫の新月のような目が、かっ、と開いたと思った瞬間、めぐりは家の外にいた。

固く閉じられた引き戸の前に正座していた。

傍ら（かたわ）の巨大な招き猫の上げた手の上に、めぐりのパンプスがちょこんと載（の）っている。状況を理解するのに、数秒かかった。

けれど、それだけだ。

妖怪相手の仕事なのだから、こうした不思議な現象は珍しいことじゃない。びっくりはしたけれど、もっと質（たち）の悪い目に、散々遭（あ）っている。ちゃんと靴を返してくれただけ、この大古猫は良心的だ。

それよりも——。

（く、臭い……？）

めぐりは、くんくんと袖（そで）を嗅（か）いだ。髪を嗅いだ。

わからない。

もう汗もかくような季節ではないし、何が匂ったのだろう。めぐりはパンプスを履（は）くと、ズボンについた猫の毛を払い落とした。

「また来ます！」

そう声をかけ、くるりと踵を返した。

めげてなんかいられない。意図してかどうかはわからないけれど、大古猫から、大切なヒントを貰（もら）ったのだから。

彼女を説得するには、あの猫たちのためになることを考えなくては。

☆

「――あの」

路地を出たところで、そう声をかけられためぐりは、相手が何者なのかにすぐに気づいた。体を固くして、社員証の入ったトートを抱きしめる。

「ああ、驚かせたならごめんなさい」

男は慌てた様子で言い、敵意がないことを示すためか、中途半端に両手を上げてみせた。だがそれは、あまり意味のある行為ではなかった。なぜならその手は、両方とも巨大なハサミだったからだ。

正確には、手に重なってハサミが見えている。

ゆるいウェーブのボブの前髪が、顔を半分隠している。眼は優しげ。細身の体にぴたぴたのボーダーの長袖のTシャツ。黒いデニムも棒みたいに細い。腰には道具を入れるポーチが下がっていて、ハサミや櫛が収められている。

美容室にいた男だ。

どこか物憂げに、女性客の白髪を染めていたのを覚えている。あの時、誤魔化せたと思ったのだけれど、見つかっていたということか。

「あなた、僕の本当の姿が見えてるんですよね？」

声に敵意は感じない。

だが、妖の問いかけに安易に答えてはいけない。

その昔流行した『口裂け女』や『トイレの花子』さん、古くはおいてけぼりの『ぬっぺらぼう』など、質問に答えたせいで酷い目に会うといった話はいくらもある。

「ああ、そんなに警戒しないで。あなたのことは知ってます。胸から下げてる護符でわかります。天羽さんのところの人でしょう？」

「……社長をご存知なんですか？」

「それあ、まあ。帝都に根を張っているのに、あの兄弟のことを知らない妖はいません。今はずいぶんと昔と変わったみたいですけど、僕も人のことは言えませんしね」

社長たちの昔——興味はそそられたが、いまは目の前の妖怪の目的こそが重要だった。

「仕事の斡旋のご依頼ですか？」

「え？　いえいえ。一応、なんとかやっていけていますんで。そうではなく……あなたにお願いしたいことが」

「わたしに……？」

「はい」

なんだろう。目的がわからない。

（……まあ、いいか。こっちには社員証があるし、どっちみち、この人にも《紋》のことで協力を頼まなくちゃならなかったんだし）

「……いいですけど、場所は駅前のマックでいいですか？」

美容室は彼のテリトリー。大古猫の時は仕方なかったけれど、できれば避けたい。あそこ自体が別の何処(どこ)かということもある。

「ええ、ええ。僕、おごります！」

嫌な顔をするかと思ったけれど、ぜんぜん気にする様子もなく、男はまるで人間みたいな明るい笑みを浮かべた。

☆

お互い百円のコーヒーだけを頼んで、めぐりは男と窓際(まどぎわ)のカウンターに並んで座った。

ここなら外から見える。

彼が悪戯を仕掛けてきた場合、それ自体は普通の人には見えないけれど、めぐりの異変には気づくことができる。

男は、

「……僕は、《髪切り》と言われる類(たぐい)の妖です」

そう言った。

めぐりの知識にはない名前だった。それほどメジャーな妖怪ではなさそうだ。

「今は黒縄商店街で美容室をやってます。一応、長光友、って人名もあります」

「付喪神ですか？」

「いえ、違います。初めからこういうふうに生まれついた妖です。まあ、狐だとか、蟲が化けたものだとか、いろいろと言われていますが、僕は、初めからこうです」

にっこりと微笑みながら、長光さんはハサミ的な手を掲げてみせた。

「はあ」

めぐりは、そう返すことしかできなかった。妖怪の会社で働いているからといって、それほど彼らに通じているわけではない。

とはいえ、すべての妖怪がわかりやすい出自を持っているわけではないことくらいは、知っていた。まめ君のように器物が長い年月を経て化けたり、長生きした鳥獣が妖へと変化する他にも、出自の推測すら難しい妖怪は沢山いるらしい。

この男も、そうした一人なのだろう。

護符に焼かれていないのだから、とりあえず、危害を加えるつもりはないようだけれど。

「それで、わたしにお願いってなんですか？」

「実は……少しでいいので、髪を切らせてもらえませんかっ⁉」

思ってもみなかった内容に、めぐりは思わず自分の髪を押さえていた。長光さんの様子に、どこか切羽詰まった感じがあったということもある。

「ああ、引かないで」

長光さんはそう言ったけれど、無理だ。

「ええと……僕は、人の髪を切って、そこからこぼれる生命力の雫をよすがに、生きているんです。妖が《生きている》っていうのも変な表現ですけどね」

彼は自嘲するみたいに笑った。

「黒髪ほど生命力が強いんですけど、近頃は、白髪のお嬢さんばかりで、困っていたんです。昔みたいに、通りがかりの女性の髪を切るわけにもいきませんし」

それはそうだろうけれど、だからといって簡単に切らせるわけにはいかない。

不安そうな表情に気づいたのか、長光さんは慌てた様子で手を振った。

「あ、切るっていっても、バッサリやらしてほしいってわけじゃないですから！　ちょっと毛先を整えさせてくれればそれで。もちろん、お金はいただきません」

そう言われても、髪とはいえ、妖怪に体を弄らせるのには抵抗がある。どんな悪戯を仕掛けられるかわからない。

「もちろん、御礼はします。僕はあなたの役に立てると思いますけどねえ」

紙コップの縦筋を、指でひっかく。

「……どういう意味ですか？」

妖怪御朱印のことは知らないはずだけれど、長光さんは、もったいつけるみたいに、ゆっくりとコーヒーを飲んだ。

「……商店街再生のためのプロジェクトのことですよ。願いを聞いてくれたら、僕はコンペであなた方に一票を投じます」

思ってもみなかった申し出に、めぐりは目を瞬いた。

「僕も一応、あの商店街の店主の一人ですから。コンペの投票権があるんですよ。もちろん僕一人じゃ確実じゃないですけど、あなた、猫婆様に接触したんですよね？　彼女を味方にできたら、勝利は確実ですよ」

「どうしてですか？　あの人、お店をやってないですよね？　それに、わたしがいま考えてる計画にはきっと反対するだろうって言う人もいます」

「誰です？」

「市場の鮮魚店のご主人。わたしの考えている案は、猫が関係してるので」

ああ、と長光さんは頷いた。彼が猫を嫌っていることは、商店街の人なら、みんな知っているのだろう。

「なるほど、それで猫婆様に会いに行ったんですね。彼女の許しなしでは、この辺りの猫たちは言うことを聞いてはくれませんから」

長光さんは、ふふ、と笑った。

「そして、市場の連中は猫を迷惑に思っている——けど、そういうことだったら、大丈夫ですよ」

「なぜですか？」

「猫婆様は自分で店をやってはいませんが、商店街の大地主なんですよ。市場も彼女の持ち物ですから、彼女がいいと言えば市場の連中は逆らえないでしょう」

そういうことか。

長光さんの言いたいことはわかったけれど、めぐりは、もやっとした。

いい報せ——なのだと思う。

プロジェクトの成功には大古猫の説得が必須。その次が商店主たちに企画に納得してもらうことだったのだが、説得にてこずるだろうと考えていた市場を無視できるとなれば、自動的にコンペはかなり有利になる。

けれど、いいのだろうか、と頭の隅で思ってしまった。それは、妖怪を護符で無理やり言うことを聞かせるのとおなじではないのか、と。

「どうですか？　僕の頼みを聞いてくださるなら、次に猫婆様への説得に行くときには同席しますよ？　人間のあなた一人より、妖怪であり、商店主でもある僕が一緒の方が、有利に話を進められると思いますが？」

「……一度、社に持ち帰って検討します」

お決まりの返事だけをして、めぐりは冷めたコーヒーを飲んだ。砂糖とミルクを入れ忘れたせいで、それはとても苦かった。

☆

「いいんじゃね？」

報告を聞いた社長は、鳥類図鑑から目を上げずにそう言った。

「……いいんですか？」

「《髪切り》だろ？　数カ月に一度、毛先を整えるだけってんなら、精気を吸い取られても栄養ドリンク一本で解決だ。それでコンペに勝てる見込みが上がんなら、渡りに船じゃねえか」

「でも……」

もやもやする。

口ごもっためぐりの気持ちを読んだのか、伊予里は図鑑を閉じて机に置いた。

「ズルだとか思ってんのか？」

「……はい」

社長は、呆れたみたいに溜息をついた。

「あのなあ、此花めぐり。どこがズルだよ。それともおまえは、商店街にとって何の役にも立たない、企画が通って一回くらいイベントがうまく行けば後は知らねえって程度の案を、コンペに出そうと思ってんのか？」

「まさか、そんな」

いい加減な企画を考えたつもりはない。

「自分の案が通って当たり前って思えねえなら、取り下げちまえ。そうでないなら、通すためなら何でも使え。利用しろ。結果、それがクライアントのためになる」

「…………」

めぐりは天井を仰いだ。

自分の企画に自信がないわけじゃない。うまくいけば、商店街のためになると本当に思っている。けれど、実現するためには、コンペに勝たなくてはならない。

もやもやするのは、長光さんは企画の内容を知って、賛同してくれたわけじゃない、という点。そして、市場の人たちのことを力で従わせようというところだ。

妖怪御朱印と、猫と触れ合える商店街というのは、きっと人を呼べると思う。実際に人が来るようになれば、市場の人たちも納得してくれると思っている。

けど——。

「めぐりちゃん」

振り返ると、古予里が柔らかい微笑を浮かべていた。

「気が乗らないなら、断っていいんだよ？　その上で、長光さんには企画の内容を説明して、賛同してもらえるなら、毛先を整えさせる条件として《紋》への協力をお願いしたら？」

「……それで、いいんですか？」

めぐりは社長を見た。

彼は、ふん、と鼻を鳴らすと、

「おまえに任せたんだ、好きにやれ。結果を出せれば、それでいい」

「はい！」

もやもやがぱっと晴れた気がして、めぐりは背筋がしゃんと伸びた。

「なんだかんだで、兄さんは優しいよねえ」

古予里がそんなことを言った。

優しい？　社長が？

「わざと挑発するようなことを言って、めぐりちゃんが自分でしっかり考えて結論が出せるように導いてるんだから」

「え、そうなんですか⁉」

驚くめぐりに、伊予里はものすごく厭そうな顔で、唇を突き出した。

「んなわけねえだろ！　古予里の妄想だ、妄想！」

「そういうことにしておくよ」

「古予──勝手にしろ！」

伊予里は、けっ、と言って、顔を隠すように大きな鳥類図鑑を開いてしまった。

けれどその一瞬、めぐりは社長の顔が照れたみたいに少しだけ赤くなったのを見たような気がした。

たぶん本当に、気がしただけだろうけど。

☆

大古猫を説得するには、どうしたらいいんだろう──家に帰って、食事の前にお風呂に入って、ジャージに着替えても、そのことばかりを考えていた。

さすがに仕事用のノートPCは開かなかったけれど、スマホで何かヒントになりそうなことはないかと、いろいろと検索をかけた。

黒縄商店街に住んでいる猫は、地域猫と呼ばれている猫たちと似ている。誰かが飼っているわけではないのだけれど、近所の人たちで面倒を見ている猫たち。ただ、耳は欠けていなかったから、避妊はされていないようだ。

放っておけばどんどん増えてしまうから、地域猫として飼うなら避妊手術は必要らしい。

ただ、大古猫が理解してくれるかどうかはわからない。無理な気がする。増えては困る、というのは人の側の都合だ。猫が望んだことじゃない。

（でも、それにしては、仔猫の姿を見なかったような……）

家にいたのも成猫ばかりだった。もしかしたら手術なしで抑制しているのだろうか。彼女は妖怪で、あの辺りの猫たちのトップなのだから、その可能性もある。

（もしそうなら、助かるけど……）

手術には費用がかかる。実家の猫も手術を受けたけど、決して安くはない。それを商店街で出してくれるとは思えない。

けれど、そこまで猫を操れるとしたら、ちょっと厄介かもしれない。

大古猫の機嫌ひとつで、すべての猫をまるっと姿を消させることもできるだろうし、下手をしたら、人を襲わせることもできるかも。

……とにかく、人の目線で考えても駄目な気がする。

あそこの猫たちのためにもなるような、そういう企画にしなければ、大古猫は首を縦に振ってはくれないだろう。

じゃあどんなアイデアが、と言われると、簡単には思いつかないのだけれど。

「できたよー」

　元気な声と共に、トレーを手に後ろ向きで、キッチンとリビングの間に下がったカーテンを器用にお尻で押し退け、まめ君が入ってきた。チーズの焼けるいい匂いがする。

「今日は何？」

　スマホを脇に置いて尋ねる。

「豆腐ドリア。テレビでやってておいしそうだったから、作ってみた」

　トレーを床に置き、大きすぎるミトンを嵌めた手で、グラタン皿をテーブルに置く。焼けて溶けたチーズの焦げ目がおいしそうだ。その匂いに混じって、確かに豆腐の香りもする。

「どこに豆腐が使われてるの？」

　差し出された木製のスプーンを受け取りながら訊く。

　コップを二つと、三五〇ミリリットルのノンアルコールビールの缶が置かれる。ノンアルとはいえ、さすがにまめ君は飲まない。彼の飲み物は、ペットボトルの緑茶だ。

「ホワイトソースの代わりになるんだよ？　絹ごし豆腐を擂鉢で丁寧に擂って滑らかにして、それを鳥出汁で、いい塩梅にのばすの」

　鳥出汁というのは、チキンコンソメのことだろう。

「そうしたら、茹でて一口大に切ったジャガイモ、炒めたお肉なんかを混ぜて、グラタン皿にご飯を敷いてその上に盛ったら、パン粉とチーズを載せて、オーブントースターで焼けば、できあがり」

「へえ……」

見た目は完璧に普通のドリアにしか見えない。

作り方を聞いても、ご飯の上に豆腐、という食べ方も気にならない。

有名なおでんやさんのメニューにも、そういう料理がある。

「いただきまーす」

「召し上がれ」

こんなときだけおじいちゃんとのような、彼とのやり取りにくすりとしつつ、めぐりは、スプーンで焼け溶けたチーズと豆腐ソース、その下の御飯を一度にすくった。

溶けたチーズが糸を引いて伸びる。

うわ、すごい湯気。

息を吹きかけ、少し冷ましてから口に入れたのだけれど、それでも火傷(やけど)しそうに熱かった。

はふはふと熱を逃がしながら、食べる。

食道を落ちていく様子が、その熱さでわかる。

追いかけるようにノンアルビールを呑んで、ようやく一息ついた。

「はあ……おいしい」

普通のドリアと、ほとんど遜色（そんしょく）ない。ミルク臭さが苦手な人は、むしろ、こっちの方がいいかもしれない。

「よかった」

にっこりと微笑んで、まめ君も豆腐ドリアを食べた。あちち、と言って、舌を出す仕草が可愛らしくて、めぐりは、あはは、と笑った。

できたての、おいしい料理。

可愛い同居人。

こうしてまめ君とごはんを食べると、一日の疲れが癒（いや）される。

本当、天使――妖怪だけど。

☆

「だったら、他の猫又に話を聞いてみる？」

食事をしながら説明、というか、とりとめもなく今日あった出来事を愚痴交じりに話しためぐりに、まめ君は珍しくそう言った。

基本、彼は話を聞くだけで、説教じみたことは決して言わないし、否定したりもしない。

それがすごく楽なので、ついつい甘えてしまう。

だから少し面食らって、すぐに返事ができなかった。

だけど、まめ君はめぐりのそんな葛藤(かっとう)めいた心のうちには気づかなかった様子で、空になったグラタン皿を片付けながら続けた。

「どうやって野良猫が増えないようにしてるのか、気になるんでしょ？」

「うん、まあ……」

「そういう噂は野火のように速く広がるから、きっと耳に届いてると思うよ。……無理にとは言わないけど」

戸惑いを感じ取ったのか、まめ君はそう付け加えた。

……いや、ここで怖気(おじけ)づいてどうする！

他の化け猫に話を聞ける機会を逃すのはもったいないし、せっかくのまめ君の厚意も無駄にしたくはない。

「じゃあ、お願いしよっかな。……いつ会える？」

☆

家の近所のチェーンのカフェに現れた猫又は、驚くほど普通の少年だった。

まめ君よりは、年が上に見える。

オシャレな中学生、といった感じで、警戒しているのか、やけに辺りをきょろきょろと見回しながら、めぐりたちのいる席に、どこか跳ねるみたいにやってきた。

じろりとめぐりを一瞥（いちべつ）すると、

「ふうん、おもしろいな、こいつ」

と言って、めぐりたちの向かいに座った。

「ん」

そう一言だけ言って、手を突き出してくる。

めぐりはバッグから紙袋を取り出して、彼に渡した。

少年が袋の口を開けて中を確認したとき、彼の瞳孔が猫のそれのように縦に細くなったのを、めぐりは見逃さなかった。

中身は今回の報酬――パックのあれだ。猫なら、みんな大好きなおやつ。

「で、聞きたいことって何？」

座り方が浅いので、少し偉そうなのだけれど、いかんせん少年にしか見えないので、怖いとかは思わなかった。

「黒縄商店街って、知ってる？」

「ああ。珠美のばあさんが仕切ってるシマだろ？」

ヤクザみたいな言い方をする。

「あそこの野良猫って、成猫ばかりな気がするんだけど、どうしてだかわかる？　去勢もしてないようだったし、普通はどんどん増えるでしょう？」

「増えるわきゃないさ。だって——」

ウェイトレスが注文を取りに来て、少年は話を一旦切った。ＢＬＴサンドの、レタストマト抜きを頼んで、彼女が行ってしまうのを待って、再び口を開いた。

「——あそこの猫は、雌ばっかだから」

「そうなの？」

「珠美のばあさんが、そう決めてる。人間の世界にもあるだろ？　駆け込み寺ってやつ。あそこはそれさ。雄に追っかけまわされるのに嫌気が差した猫や、孕んだけど仔を育てるのが難しいって思った雌が、あの商店街に集まってくるんだよ」

ふうん、とめぐりは相槌を打った。

なるほどそれなら、仔猫を見かけなかった理由もわかる。

数が少なく、大事に育てているのだろう。

人前に出てくるのは、ある程度、大きくなってからなのかも。だから、仔猫がいないと思ってしまったのかもしれない。

ＢＬＴサンドが届いて、猫又少年はやけに八重歯の鋭い口でかぶりつき、ろくに噛まずに飲み込んだ。そういうところも猫っぽい。

「あと、もうひとついい？」

一切れ目を食べ終わったタイミングで、めぐりはそう切り出した。

「なに？」

「猫は人と暮らすのがいいって、大古猫さんに言われたんだけど、君はどう思う？　そうなると、最近は完全室内飼いも増えてるから、一生、外に出ないこともあるでしょ？　それって、自由がないとか思わないのかな」

「思わねーよ」

即答だった。

「自由とか、そういうのは人の考え方だろ？　俺だって、化ける前はその日のメシとか、遊びとか、そういうことしか考えなかったさ。大体、黙っててもメシが食えて、雨に濡れることもなくて、熱いアスファルトで肉球を火傷したり、寒くてしもやけになったりもしない暮らしの何を不満に思うんだよ。もちろん狭い小屋の中に閉じ込められっぱなしってんなら、話は違ってくるだろうけど、俺は家の中じゃ結構自由にさせてもらってたし、外にも出たけど、外で暮らそうとは思わなかったよ」

「今はどうしてるの？」

「他に身寄りのないばあちゃんの家に住んでる。ほら、俺たちはこうなっちまうと、もう死なないじゃん？　そうすると二十年くらいで姿を消さなくちゃならないだろ？　せっかく良くしてもらったのに、最後に悲しませるのも厭だからさ。その点、ばあちゃんやじいちゃんなら、俺が見送れるし」

目を細めたその瞬間、猫又少年はひどく大人びて見えた。

何人の飼い主を見送ってきたのだろう。

けれど彼はすぐに元の少年の顔に戻って、ちらりとまめ君を見た。

「そういう点じゃ、器物の付喪神はややこしいよな。誰かに大事に所有されてなけりゃ、化けることもできないんだから」

「うん。だから、僕は運が良かったよ」

「みてえだな」

少年妖怪たちは顔を見合わせて、うふふ、と笑い合った。

年相応の仲良しのようで、ちょっと微笑ましい。

けど、参考になった。

猫が人のように考えることができるのは、化けてからのようだ。

猫が猫でいるうちは幸せだと思うことはないけれど、猫又になったあとで、人と暮らせてよかった、と思うらしい。

大古猫は、自分が庇護している猫たちにも、後々そう思ってもらいたいのだろうか。

　だったらその手伝いをすれば、こちらの企画に協力してくれるかも。ただ猫と会えるというだけじゃなくて、あそこを人と猫の出会いの場にすれば。

　——保護猫カフェの、野外版。

　そういうのはどうだろう。保護猫の譲渡会をやっている団体があるはずだから、連絡して協力を頼んでみよう。

　百合ならいいところを紹介してくれるかもしれない。彼女の実家は、祭りを仕切る関係で、いろんな団体に顔が広いから。

「ありがと。ええと……」

「クロ」

「ありがと、クロ君。すごく参考になった」

　にっと笑った少年の姿をした猫又の口元で、鋭い牙がミルクみたいに滑らかに光った。

9

　百合に紹介してもらったＮＰＯに、めぐりは、協力の内諾を取り付けることができた。

持つべきものは友達。

黒縄商店街は、猫好き界隈では、知る人ぞ知る場所だったらしい。

地域猫としてそれなりに管理されているので、積極的に介入はしなかったらしいが、最近の猫の増え方には少しばかり危惧を覚えていたとのことだった。

仔猫も、めぐりは見つけられなかったけれど、十数匹いるらしい。どの猫も避妊された形跡がないのが、彼らには心配であったようだ。

広くないキッチンで、ごりごりと豆を砕くコーヒーミルの音を聞きながら、めぐりは大古猫に話す内容を、頭の中で再確認した。

ドリッパーにペーパーフィルターをセットし、中挽きにした粉を入れる。

お気に入りのカップにドリッパーを載せて、専用の口の細いコーヒーポットの代わりに、耐熱の計量カップに沸いたお湯を入れ、そこからそっと注いでいく。

まめ君はコーヒーを飲まないから、自分の分だけだ。

めぐりも、普段はわざわざ豆を挽いたりしない。個包装になった一人分のドリップコーヒーを淹れるくらい。

だけど、大事な日の朝には、豆を挽く。

『10グーロウ』の面接の日にも挽いた。今日はその日と同じ豆だ。

まあ、ハロウィンの日にも同じ豆を挽いて淹れたのだけれど。

仕事はいまいちでも、帰りにまめ君と巡り会えたのだから、御利益はあったといえるんじゃないだろうか。

今日は大古猫に企画を説明、納得してもらい、賛同を得るところまで行きたい。コンペは彼女次第だというから、勝負は今日だ。

芳ばしい香りが辺りに満ちていく。

スーツに匂いをつけていくわけにはいかないから、まだパジャマ代わりのスウェットのままだけれど、気持ちは戦闘モードに切り替わっていく。

こういう日のための、お気に入りの香水もあるのだけれど、今日の交渉相手は猫だから、諦めた。

猫は、強い香りを嫌う。

だからメイクも、できるだけ匂いのしないものでしたし、シャンプーもリンスも、ボディソープも、無香料のものを買ってきて、昨夜はそれを使った。

たぶん、この間、臭いと言われたのは、そういうことだ。今日は、スーツにもシャツにも下着にも余計な匂いがつかないよう、無香料の洗剤を使った。

このコーヒーくらいは、許してくれるだろう。多少、髪についたとしても、訪ねる頃にはさすがに消えているだろうし。

ドリッパーを外し、コーヒーにミルクを入れてゆっくりと掻き混ぜる。ブラックは苦すぎるけれど、砂糖を入れたくないので、ミルクだけ。

　カップに口をつけると、唇が火傷しそうなくらい熱かったけれど我慢した。心地よい苦味と喉を落ちる熱が、体を覚ましてくれる。

　熱いうちに飲みきるのが、めぐりの決まり。

　空になったカップをシンクに置いて、スーツに着替える。パンツのボタンを留めると、きゅっと心も締まる。

　トートバッグの中身を確認して、玄関でパンプスを履いていると、背中の産毛がさわっと立つのを感じた。馴染みの気配。

「――行ってらっしゃい」

　まめ君の声。

　必勝のジンクスの邪魔をしないよう、姿を消していてくれたのだ。

　振り返ると、着物姿のまめ君が、かちかちかち、と火打石を打ってくれた。綺麗な火花が散るのを見ながら、めぐりはバッグを担ぐ。

「行ってきます！」

☆

大古猫の家の呼び鈴を押す前に、めぐりは身なりを確認し、袖を嗅いだ。

大丈夫——だと思う。

ずしりと肩に食い込むトートバッグを担ぎなおし、深呼吸をして、垢じみたボタンを押そうとした瞬間、がらりと引き戸が開いて、心臓が止まりそうになった。

にゃあ。

一声鳴いて、大きな猫が足元をするりと抜けていった。その際、先が二つに分かれかけた尻尾がふくらはぎを撫でていって、ぞくっとした。

見送るそのお尻の上で、尻尾が笑うように揺れる。

……いたずら猫め。

やっぱり、なりかけでも妖怪は妖怪だ。こちらが一番驚くタイミングを見計らって、戸を開けたに違いない。

「——入りな」

背中に、轟くような声が飛んできて、めぐりの背筋はしゃんと伸びた。

別に怒っている様子でもないのに、さすがに迫力がある。

「お邪魔します」

戸を閉め、脱いだ靴をちゃんと揃えて上がると、ストッキングを通して廊下の板の温もりが伝わってきた。床暖房みたいに暖かい。

どこからか現れた三毛猫が、先に立って案内をしてくれる。

クロ君の言う通りだ。

この間は気づかなかったけれど、さっきの猫もこの猫も、雌だ。雄は足の間に立派な袋があるけれど、この子たちにはない。

案内猫は、行き止まりの引き戸のちょっとだけ空いた隙間に手を差し入れると、器用に開けて中に入った。

めぐりも続く。部屋の中では前回と同じように、ちゃぶ台の向こうに大古猫が座って、周りに猫たちを従えていた。

めぐりが立ったままでいると、

「座りな」

と言ってくれたので、畳の上に直に正座をした。

「今日は、ましだね」

ふん、と大古猫は鼻を鳴らした。

「この前は、臭くてたまらなかったよ。ようやく、人の匂いになった」

前回もとくに香水の類はつけていなかったのだけれど、代わりにちょっと香り強めの柔軟剤を使って洗ったシャツと下着をつけていたから、そのことだろう。

「今日は、再びお時間を作っていただき、ありがとうございます」

「しがらみで仕方なく、さ。伊予の鴉と事を構えるつもりはないからね。それに、おまえに会うだけで貸しをひとつ作れるなら、安いものさ。けど、話を聞くだけだ。断る断らないは自由だと言質は取ったからね」

めぐりは頷き、社長ありがとうございます、と心中で礼を言った。

企画にOKを貰ったときに、会う算段だけつけていただけないでしょうか、と頼んだのだ。人の理の通じない相手に正攻法でいってもだめだということは、この二十数年で学んでいた。

この前は、運が良かったにすぎない。今回もまた、たまたま猫を助けるなどといった偶然に頼るわけにはいかない。

一人でやれと言われた手前、アポを頼むのは気が引けたが、意外にも社長は、

「使える者は社長も使おうってか？　なかなか営業ってもんがわかってきたじゃねえか」

と言ってにやりと笑い、電話をかけてくれた。

「――それで？　この子たちを見世物にしようって話なら、この前、断ったはずだけど？」

「いえ、ご提案を少し変更しました」

めぐりは下ろしたバッグからプリントしたＡ４の企画書を取り出し、ちゃぶ台の上に置いた。

大古猫のほうへ、滑らせるように押す。

表紙には、『黒縄商店街活性化計画　珍御朱印と猫に出会える商店街』とある。

「この間と、何が違うんだい？」

「これは、商店街の人たちに向けた企画書なので『猫に』としてありますが、同時に『猫が』という企画でもあります」

すう、と大古猫の目が細められた。

ここだ、とめぐりは怯まずに続けた。

「簡単に言ってしまうと、これは商店街をまるごと『保護猫カフェ』にしてしまおうという企画です。商店街を訪れた人には、自由に猫たちと触れ合い、気に入った猫がいたら、常駐していただく予定の保護猫活動をしているＮＰＯ職員の方に申し出てもらい、審査の後、お迎えしてもらうというのが趣旨です」

「……考えたね」

大古猫は手を伸ばし、企画書を指で摘むようにめくった。周りの猫たちも興味深そうにちゃぶ台の上を覗き込み、鼻をすんすんと鳴らす。

「ただの見世物よりは、大分、ましだ」

大古猫は、ふん、と嗤った。

「あんたも一応、ちゃんと頭を使ったらしい。確かにこれなら、商店街のためだけじゃなく、この子たちのためにもなる。ここが駆け込み寺だってこと、社長に聞いたのかい？」

「いえ……ええと、友達の友達の猫又の子に」

「へえ。おまえ、人間のくせに、妙な伝手を持っているんだねえ」

感心されたような気がする。妖怪と一緒に暮らしていて、料理を作ってもらっていると知ったら驚くだろうか。言わないけれど。

余計な情報は与えるな、と社長には注意されている。つけこまれることになるから、と。

「けど、ね」

大古猫は、ますます目を眇めた。ほとんど見えなくなった瞳が、その奥で逆に、妖しく光っている。

「本当に、うまくいくと思うのかい？」

「…………」

めぐりは、ごくりと唾を飲み込んだ。

正念場、という言葉が浮かんだ。

この答えを間違えたら、たぶん、この話はおしまいだ。前回と同じように、ぽいと放り出されて、それで、二度と会ってもらえない――そんな予感がする。

「……正直、大人の猫は厳しいと思います。譲渡会でも引き取られる猫は、ほぼ仔猫です」

「じゃあ、わたしが協力する何の意味があるんだい？　あんたの眼には、ここに仔猫がいるように見えるのかい」

「今ここにはいませんが、これから来る仔猫には、居場所を作ってあげられます。ここに集まっている猫たちが、どういう境遇の子たちなのかは聞きました。きっと、これからも仔連れの猫や妊娠している猫が集まってくるんじゃないですか？」

「……どこのどいつに聞いたのか知らないが、人のくせに伊達や酔狂で鴉天狗に見込まれたわけじゃないってことかい」

く、と大古猫は喉を鳴らした。

今のは、笑ったようにも聞こえた。認められた、ということだろうか。

けれど、本当の正念場はここからだ。あらかじめ、どうしても伝えておかなくてはならないことがある。

正直、怖い。

もしかしたら、激昂して襲い掛かってくるかもしれない。社長のくれた護符のことは信じているけれど、これで交渉が決裂したら、この企画はここまでだ。

めぐりは居住まいを正し、まっすぐに大古猫を見た。

背中も腰も曲がった偏屈そうな老婆にしか見えないけれど、そうではないことは知っている。

周りの猫たちも、その場を微動だにせずに、めぐりのことを見つめている。薄暗い部屋の中で、その黒目は大きく丸く開かれて、無数の穴に吸い込まれてしまいそう。

「……実は……ひとつ、了承していただかねばならないことがあります」

意を決し、めぐりは切り出した。

「譲渡される猫の多くは、避妊手術を受けてもらうことになります」

――にゃーあああ！

一斉に、猫たちが、そう鳴いた。

めぐりは思わず首を竦めてしまったけれど、逃げ出すことはしなかった。全身の産毛が逆立っているのを感じる。

大古猫は声を上げなかったけれど、皺の刻まれた顔の皮膚が風もないのに、ざぶざぶと細かく波打っている。

深呼吸をして、めぐりは続けた。

「……多くの猫は、飼い主となる人の特別な要望がない限り、譲渡の前に避妊手術を施してから引き渡されます。費用はＮＰＯが持ちます。今は完全室内飼いを推奨していますし、発情期の猫は飼い主への負担も大きく、飼育の放棄につながる可能性もあるんです。不幸な猫を増やさないのがＮＰＯの目的であり、避妊手術はそのために必要なんです」

「弁を弄し、人の分際で妖を化かすつもりかい？」

ぐうっと大古猫の口が吊れ、耳の方へと引っ張られる。

「不幸な猫を増やさない？　よく言うね。そいつは猫のためじゃない。人のためだ。人の都合だ。自分たちが心地よく暮らすために、わたしたちが子を作れなくしようってことだ。誤魔化すんじゃない。おまえ、自分がどんな残酷なことを言っているか、わかってるのか！」

——にゃあああ！

猫たちが一斉に鳴き、獣臭い部屋が震えた。

恐ろしさに喉が絞まって息が苦しくなる。

けれど、あくまでも生理現象。相手のこの反応は、予測のうち。妖怪は人を脅す。必ずそうする。いままでさんざんされてきたことだ。恐ろしくないわけじゃないけれど、わかっていれば耐えられない怖さじゃない。

「理解している、とは言いません。わたしは人間だし、結婚もしてませんから。子供を持つことを真剣に考えたこともない——。ですが」

めぐりは、いまや完全に猫の顔になった大古猫を、ちゃぶ台を挟んで真っ直ぐに見た。

「それが、現代で猫が人と暮らすための決まりごとです。野良であっても同じです。避妊していない猫は、地域猫としても認められない。誰かが通報すれば捕まって殺される。人と暮らしたいというのなら、残酷でもこの条件は呑んでもらわなければなりません」

一気に言った。

雄なら精巣、雌なら卵巣または子宮全部を取ってしまう避妊手術のことを考えると、猫のことであっても、下腹部に言いようのない薄ら寒さを感じる。

だから——断られても仕方がないとは思っていた。そうまでして人と暮らすことが、本当に猫にとって幸せなのか、わからなかったから。

どこまでも人の都合。けれど、そうでなければ人とは暮らせない。それが今の現実だ。

猫たちは黙っている。

全員がじっと置物のように動かない。

考えてみれば、ここにいる猫たちはほとんどが普通の猫だ。化けていないのだから、人のように考えているわけではない。

さっきの反応は、大古猫に中(あ)てられてのものかもしれない。

「……ふん」

大古猫は老いた猫の顔のまま、鼻を鳴らした。

「言うじゃないか。適当なおためごかしでわたしを言いくるめようとするんだったら、猫たちに襲わせて肉を齧(かじ)り、骨をせせらせるところだったがね」

笑えない。

考えてみれば、護符が効くのは妖怪に対してで、操られた動物に対してどうなのかは、聞いていなかった。

「業腹(ごうはら)だが承知しているよ。衣食住の面倒を見てもらう代わりに、子を生(な)せぬ体になる。

それでも人と暮らしたいという猫だけを人前に出そう」

「それは……この企画を認めていただけたということですか？」

「そう聞こえなかったかい？」

いつのまにか、大古猫は再び老婆の姿に戻っていた。

やった！

めぐりは、喜びを溢れさせそうになるのを、何とか堪えた。猫たちに辛い選択を強いることになるという話をしたばかりで、それは不謹慎だ。

けれど、嬉しさがこみ上げてくるのはどうしようもない。

緩みそうになる頬を、頑張って引き締めて、真面目な顔を維持した。

けどね、と大古猫は言った。

「化ける前には複雑な意識はないが、それでも人の助けは要らないという子はいる。その意志は尊重するからね。どちらがいいかはわからないが……今は人と暮らした方が、化けやすくはあるからねえ」

「それは、どうしてですか？」

「猫が化物になるには、二つの道しかない。長く生きるか、強い恨みを抱くかさ。野良猫の寿命は七、八年といったところだけど、今は、人と暮らせば倍は生きられる。大体、十五年を超えるとちらほらと化けることができるようになるね。昔に比べると、若いのがずいぶんと増えたもんさ」

なんて返事をしたらいいものか、めぐりにはわからなかった。けれど確かに、尻尾の先が二つに分かれかけた猫は、時折、見かける。

「まあ、いくら人が管理しようとしてもしきれるもんじゃないさ。人が猫を選ぶんじゃない。猫が人を選ぶんだ。人間は気づいちゃいないし、気づくこともないだろうけど」

そう言って大古猫はまた、本物の猫のように瞳孔を細くした。

ともあれ、これで一番の懸案はクリアした。

まだコンペがあるけれど、大きな山はひとつ越えた。市場の人の反応は未知数だけれども、十分勝てる、魅力的な提案だと思っている。

そのためには、もうひとつ。

「――あの」

めぐりは、大古猫にさらなるお願いを申し出た。

つまりは、彼女の《妖怪御朱印》を。

☆

「でかした、此花めぐり！」

ふはははは、と、悪役みたいな笑い方をして、社長——天羽伊予里はそう褒めてくれた。

入社以来、初めてかもしれない。

「これで、このコンペは勝ったな！　ほら、おまえらとっとと出せ！」

社長はどういうわけか、副社長と宇貝さんに腕を突き出した。すると、古予里は少しめぐりを気にかける様子を見せ、宇貝さんは何故か、しゅっと突然、痩せた。

「ほらほら。賭けは俺の勝ちだろ？」

「賭け？　賭けってなんですか？」

社長はにやりと笑った。

「おまえが大古猫を説得できるか、こいつらと賭けてたんだよ。俺はもちろん、おまえがうまくやるほうに賭けたぜ！」

ということは、つまり——。

副社長を見ると、彼は少しばつが悪そうに、笑みを浮かべた。

「疑っていたわけじゃないんだ。万が一を考えて、腹案を用意しておこうって提案しただけなんだよ。そうしたら、どうしてか賭けをすることになっちゃって……」

なんとなく、状況は想像がつく。

たぶん、社長は腹案を考えるのが面倒だったに違いない。

だから賭けの話に摩り替えて、誤魔化したんだろう。めぐりの交渉がうまくいったら、考えたことが無駄になるから。

もしも決裂していたら、その場合は、また何だかんだと理由をつけて賭けをなかったことにしていただろう。

そしてその後で、大急ぎで別の案を考えさせるのだ。

宇貝さんは――なんであれお金のことだから一口乗っただけで、きっと他意はない。

「わかってますよ」

こんなことで怒るほど、世間知らずじゃない。副社長が万が一のことを考えておこうと思ったのは当然のこと。

ただ――結果として、社長が自分を信じてくれた形になったのは、なんとも不可思議な気持ちだった。嬉しく思う気持ちがある反面、本当に信じて賭けてくれたわけじゃないから、と素直には喜べない自分もいる。

（……本当は、どっちなんだろ……？）

めぐりは、子供みたいにはしゃぐ伊予里をちらりと見た。やっぱり、信じて賭けてくれたわけではないのだろうか？

「此花めぐり！」

「は、はい！」

突然振り返られて、めぐりは飛び上がりそうになった。盗み見に気づかれたわけじゃないとは思うけれど。

「あとは本番だ。プレゼンでよほどの失敗をしなけりゃ、まず大丈夫だと思うが、なんにしてもこの世に絶対なんてもんはねえ。気合い、入れろよ？」

めぐりは、しゃんと背筋を伸ばした。

そう。

まだ、最初のハードルを越えたに過ぎない。

プレゼン。コンペ。無事に企画が通ったときのために、事前に妖怪の手配、猫にあげるフードのルートの確立、保護猫活動団体との細かい詰め、等々——やることは山積みだ。

それと、年内に報告を兼ねて《髪切り》のところに毛先を整えに行こう、とめぐりは心の手帳を捲って書き込んだ。

☆

「ちゃんと約束を守ってもらえて嬉しい限りです」

しゃきしゃきとリズムよくハサミを動かしながら、妖怪《髪切り》——長光さんは、歌うように言った。

彼には自分の思いを伝えて、珠美さんを説得する場への同席は遠慮してもらった。

とはいえ、長光さんも妖怪。

口約束だけでは心許なかったので、投票以外のことはしないという条件で、一回、髪を切らせることを約束したのだ。

鏡に映った彼の手の指は、刃の鋭いハサミに変じている。それがすべるように毛先を撫でていくだけで、髪はとろりと滑らかに整う。

素晴らしい腕なのは、間違いない。髪を切るときに微細な生命力を吸っていると言っていたけれど、特に疲れも不快感もない。

「正直、猫婆様の説得は中々難しいんじゃないかと思っていたんですけど、さすがは天羽さんのところの人だ」

そう真っ直ぐに褒められると、気恥ずかしい。

「もちろん僕も約束を果たします。コンペの一票は心配しないでください。ああ、これはもちろん、調髪のお礼ではなくて、自分で考えて決めた結果ですから」

「よろしくお願いします」

鏡の中の妖怪を見ながら、めぐりは心の中で頭を下げた。

プレゼンは、商店街の都合もあって、お正月が明けてすぐに行われることになっている。

コンペはその二日後だと聞いている。コンペっていうのは元々、建築業界用語だったらしいけれど、いまでは一般的に使われている。

「それで、妖怪御朱印の方は――」

「ああ、《紋》のことですよね？　僕は大丈夫ですよ。猫婆様には断られたんでしょう？」

図星だ。彼女から聞いたんだろうか？　それとも妖怪の世界では、噂が速い？

――いやだよ。

その一言で決着だった。重ねて頼むことはできなかった。

有無を言わせない、というのはああいうことだ。

「けど、代わりに『月光』の碧さんが、協力してくれることになりました」

碧さんは、大古猫に世話になっている猫又で、黒縄商店街で『月光』というスナックを開いている女性だ。

挨拶に行ったときには、胸元が大きく開いた真っ黒なドレス姿で、ボリュームのある黒髪をアップにして珊瑚珠の簪で留め、管がゆるく曲がった煙管で煙草を喫っていた。

――ええよ。

と、どこか関西を思わせる訛で言って、彼女はにんまりと微笑んだ。

――うちの《紋》なら、たいした力もないし。婆様のじゃあ、人の身には何が起きるかわからんからねえ。

真っ赤な薄い唇から、なかなか目を離せなかった。

「碧さんかあ」

うんうんと長光さんは頷いた。

「彼女の《紋》だったら、きっと、鼠除けになりますよ」

「長光さんのは？」

「僕の《紋》は……櫛通りがよくなるかも」

それはうれしいかも。

他にも一人、会社で手配した妖怪が、空き店舗に出店して、妖怪御朱印を押してくれることになっている。

あんこが売りの和菓子店で、普段、表には出ない職人さんだ。《小豆洗い》という妖怪で、別の場所で長年、お店をやっていたのだけれど、タワーマンションが建つとかで追い出されてしまい、新しくお店を開ける場所を探していたのだという。

他にも何人かの妖怪から参加申し込みがあったらしいが、社長は候補を一、二店に絞った。最初から妖怪御朱印を大盤振る舞いするよりも、小出しにした方がいい、という考えらしい。

とりあえず三つあれば、何とか体裁もつくと思う。

御朱印だから、紋を朱色で押してもらって、何の妖怪かわかるように名前を書いて、日付を入れてもらう。

それなりに手間もかかるから、大古猫に断られたのは、まあそうだろうな、と思った。

彼女に御朱印を頼んだのは、あわよくば、程度の気持ちで、何が何でもというわけではなかった。猫についての許可を貰えただけで十分だ。

むしろ、碧さんを紹介してもらえて、びっくりだった。人に対して世話を焼いてくれるとは思っていなかったので。

あれで意外と、懐に飛び込んできた相手には、寛容なのかもしれない。

「……どうですか、こんな感じで」

ハサミ化した手が離れ、長光さんが肩越しに訊いてきた。

鏡の中の自分は、髪型こそ変わっていないけれど、全体的にすっきりとしてまとまった気がする。腕はいいのだと思う。近所にあったら、行きつけにしたかもしれない。

けれどこれだけの技術があるなら、評判が立てば、若いお客さんもつくかもしれない。

そのためには、まずは切ってもらう必要があるけれど、ちょっとやってみようか、と試すようなものでもないから、きっかけを作る必要がある。

「長光さん。御朱印、二つ作りませんか？」

「二つ？」

「ふらっと入ってきて五百円払えば手に入れられるのとは別の、髪を切った人だけが貰える特別な御朱印です。紋を重ねて鋏を二つとか」

「それでお客さんが増えます？」

「長光さんの技術は高いと思います。切ってもらえればわかるかと。今日のわたしみたいに、毛先を揃えるくらいなら、三十分くらいですみますよね？　特別な御朱印が貰えるなら、やってみようと思う女性もいると思います」

「そうか……」

長い指の手を顎に当てて、長光さんは考え込んだ。

彼にとっても、その方がいいはずだ。めぐりも約束は守るつもりだけれど、他にも髪を切らせてくれる人がいた方が、いいと思う。

「うん、そうですね。それじゃあ、料金は下げられないけど、御朱印の分の五百円は込みって感じだったらどうですか？」

「いいと思います」

最初から割引にしてしまうと、割引がないと損をしたような気持ちになる。

一〇％オフのチケットで切ったら、次はまた、一〇％オフのチケットが手に入るまで行かないと思う。少なくとも、めぐりはそう考えてしまう。

「それで、髪の方はどうですか？」

「気に入りました」

嘘じゃない。毛先を整えただけだけれども、全体のまとまりが、切る前とは違う。

「よかった。僕の方も、おかげで久しぶりに元気が出ました」

そういえば、鏡の中の彼の肌艶は、切る前に比べていいような気がする。それを怖いと思わないのだから、慣れというのは恐ろしい。

「商店街が賑わって、わたしの他にも髪を切らせてくれる人が増えたらいいですね」

そうすれば、彼も生気に困ることもなくなるだろう。

「月に一回くらいなら、わたしも来られますけど……ひとつ、いいですか？」

言って、めぐりは膝の上に置きっぱなしの雑誌を取り上げた。

「もっと若い人向けのものも、置いたほうがいいと思います。さすがに、長生きや健康の秘訣みたいな特集ばかりの雑誌だと……」

長光さんは、それは気がつかなかった、とばかりに目を瞠った。

あとで、どんな雑誌がいいかをリストにして送ってあげよう、とめぐりは思った。そのくらいは、サービスだ。

10

正社員になって初めての師走は、まさに字のごとく、とにかく忙しく過ぎていった。

手帳は予定で常にびっしりと埋まり、さらに予定が重なることもしばしば。

大きなトラブルはなかったものの、各方面との調整や、ＮＰＯと商店街の話し合い、猫の扱いについての大古猫の珠美さんとの協議の詰め、関係先への年末の挨拶廻りに、妖怪たちの訪問への対応――ｅｔｃ。

驚いたのが、会社を訪れた妖怪たちの多くが、お金を借りるためだったということだ。人間に限らず、彼らも年末年始は出費が嵩むらしい。

「それでも昔に比べりゃあ、ずいぶんとましでねえ」

と信楽焼の化け狸さんは、昔の帳簿――大福帳を捲りながら言った。

「掛売りが当たり前の時代にゃあ、大晦日が近づくにつれて戦々恐々としたもんさ。相手が人間ならどうとでもなるが、妖怪に金を貸すのは妖怪。追い込みも、そりゃあ、えげつなくってねえ……くわばらくわばら」

「うちは違うぞー」

遠くの席で社長が言った。聞き耳を立てていたらしい。

「わかってますよー。……ま、当座売りでなくとも、こちらは晦日ごとにきちんと返さねえと次はありませんから。額もそんなには膨らまない。仕事も回してくださいますし。それでも正月はやはり特別ですからねえ」

同じようなことを言って、何人もお金を借りに来たので、宇貝さんはずいぶんと痩せた。

クリスマスダイエット、と彼女は言っていた。

せっかく痩せるんだから、とクリスマスにはとびきりのおしゃれをして、セレブなパーティに参加しているとか。具体的にどんなものかはわからない。社長も、誰も、さあ、と首を捻るばかりだったから。

めぐりは、といえば。

孝実、亜貴、百合、といういつもの面子で忘年会をしただけで、クリスマスは家でまったりと、まめ君と過ごした。

クリスマスに精進料理というのもなんなので、伊勢丹の地下でチキンとオードブルがセットになった惣菜と、新宿高野でケーキを二つ買うことにした。

せっかく新宿に出るのだから、まめ君にもおしゃれをしてほしくて、ネットで『小学生冬コーデ』で検索して、かっこいいのを選んでみせた。

「どう？　こういう格好してみない？」

めぐりが提案したのは、グレイのタートルネックの上に黒のダウンベスト、ちょっとオーバーサイズのデニムに有名ブランドのバッシュ、というコーデ。

まめ君は最初、うーん、と唸ってあまり乗り気ではなかったけれど、試しに、とその服を着た姿に化けてみたら、案外、気に入ったみたいだった。

その格好で新宿に出て、予定通りにクリスマスのお買い物をした。オードブルは思ったより高かったけれど、まめ君がとても喜んでくれたから良し。

家でのプチパーティのあとで、まめ君にクリスマスプレゼントをあげたら、ちょっと涙目になって喜んでくれた。何がいいかな、と考えて、まめ君自身である木枠を載せるクッションにしたのだけれど、予想以上に気に入ってくれたらしい。

お返しを用意していなかったことを恐縮していたけれど、そんなの、毎日おいしいごはんをつくってくれてるだけで、十分だ。

年末の憂鬱なことと言えば大掃除だけれども、今回はまめ君がやってくれたので、本当に助かった。どこもかしこもぴかぴかだ。

『10グーロウ』の年末の締めは二十九日だった。社内の忘年会が流れるほど忙しかったけれど、家に帰ると熱めのお風呂が沸いていて、上がればごはんが用意されているというのも、本当にありがたかった。

何度、湯船に沈みながら嬉し涙を流したか！

そんな具合で年は暮れ、今年、めぐりは帰省しなかった。

実家は都内なので、もちろん気軽に帰れる距離ではあるが、両親は年末年始、めぐりがプレゼントした温泉旅行に行っている。

留守の家に帰っても仕方がない。

おせちは三十一日に、まめ君と一緒にデパ地下を巡って購入した。

いつもは実家で食べるのだけれど、もちろんいまどき自分で作ったりはせず、デパートに注文したものだから、内容的にはそんなに変わらない。

大晦日のデパ地下はお祭りみたいで、料理が大好きなまめ君は、大喜びだった。普段は見ることもない食材も沢山並ぶし、何よりおせちが楽しい。

色々な店が色々なおせちを、これでもか、と披露して、迷うったらない。めぐりには善し悪しがわからないので、まめ君に任せることにした。

まめ君は付喪神としては若いから、社長たちのように、めぐり以外の普通の人にもしっかりと見えるほど、化けることはできない。

一人では、ただの豆腐の木枠だ。

けれど、めぐりの絶対的な支配の及ぶ家の中、そして、外でもめぐりと一緒なら、現状の力でも子供の姿を保つことができる。

なので、デパ地下でも、困るようなことは起きなかった。

いまどきのおせちは、和食、洋食、中華、とあって、全部入っていたりするものもあったのだけれど、まめ君が選んだのは伝統的な和のおせち。

なにやら名店のものだったようだけれど、二万円はしなかった。高いのか安いのか、めぐりには判断がつかなかったが、今年は色々と記念的な年だったから、奮発した。

初詣では、まめ君と一緒に近所の神社へ行った。

　彼に何か影響があるようなら、すぐに帰るつもりだったけれど、大丈夫だった。

　ぴりぴりするとは言っていたけれど、そこの神使が、何かしてくるということもなかった。大勢の人々の願いを聞くのに忙しかったのかもしれない。

　まめ君にも、一応、お年玉として、一万円をあげたけれど、特に欲しいものもないということで大事にとっておくことにしたようだ。

　小判の形をしたポチ袋が気に入ったみたいで、時々取り出して眺めては、うふふ、と微笑んでいるのが、愛らしいったらない。

　パソコンで駅伝を見ながら、ふと、

「……まめ君、家に来て良かった？」

と訊いてみた。

　別に深い意味があったわけじゃない。何となく訊いてみたくなったのだ。

　まめ君は蜜柑を剝く手を止めて、小首を傾げた。

「どうして？」

「わたしはすごく助かってるけど、わたしと一緒じゃないと外に出られないし、家事も頼りっぱなしだし、本当はもっと遊びに行ったりしたいんじゃない？」

　まめ君は天井を見て、しばらく考えてから、

「……僕、ここが好きだよ」

そう、まっすぐにめぐりを見て言った。

「めぐりは優しいいし、料理も大好きだし、一人で外には出られないけど、ネットもあるし、すごく楽しい。僕、できるだけ長くここにいたいな――めぐりが良ければだけど」

上目遣い（うわめづか）い！

「そ、そう……」

なんだかぐっときた。馬鹿な質問をしちゃった、と後悔した。抱きしめたい気持ちがむくむくと湧き上がってきたけれど、我慢した。

そんな感じのお正月休みも、四日までで、『10グーロウ』は、五日が仕事始めだった。黒縄（くろなわ）商店街の商工会の仕事始めは七日から。

そして、明日がいよいよプレゼンの日である。

☆

黒縄商店街商工会議所は、商店街の一角の古いビルの三階が事務所になっている。

その前に立って、めぐりは深呼吸をした。

服は、とっておきのオレンジジレッドのワンピに、グレーのジャケット。商店街の人たちの多くは、おじいさんくらいの年だから、メイクはいつにも増してよりナチュラルに。

必要なものは全部持った。資料は昨日のうちに会社で人数分カラーコピーして、バッグに入っている。

商工会議所の会議室にスマホやパソコンにつなげて使えるプロジェクターはないということだから、ホワイトボードに映すために、鞄に入る小型のものを会社から借りてきた。妖怪でもパソコンを普通に使いこなす時代なのに、新しい機械を人の方が使えないというのはなんだか不思議だ。

現地集合だったので、ラッシュにもまれなくてすむのはありがたかった。せっかくの服を、皺だらけにしたくはない。

おかげで、ゆっくり再チェックもできた。自信はあるけれど、やっぱりなるべく多くの人に賛同してもらいたい。いい企画だと思ってもらいたい。

「……よし！」

エレベーターは修理中で、細くて急な階段を上がらなくてはならず、トートバッグが肩に食い込んだ。

めぐりでもちょっときついのだから、お年寄りの足腰には堪えそう。もしかしたら今日の出席率は低いかもしれない。

「遅えぞ、此花めぐり」

階段を登りきったところに、社長が待ち構えていた。

クロコダイルのクラッチバッグひとつの身軽な様子で、ダークスーツに同じ色の肉厚のコート、白いシャツに、僅かにラメの入ったワインレッドのネクタイを締めている。先の尖ったサンドイエローの革靴は、見ようによっては猛禽の鉤爪に見える。

正直、うさんくさい。

肩幅が広いので羽織ったコートが本物の翼を畳んだみたいに見える。実際、そうなのかもしれないけれど。

「すみません。あの、商店街の皆さんは？」

「中でお待ちかねだ。年寄りは早えよな」

社長の方が年は上じゃないですか、と言いかけてやめた。軽口で緊張感を途切れさせたら、どこかでミスるかもしれない。

「気合い入れろよ、此花めぐり。十中八九、勝ちが決まってるとしても、残りの一でひっくり返ることはある。ちゃんとやれ」

「はい」

大きく頷いて、めぐりはドアをノックした。

中に入ると、すぐに受付の女性に、隣りの会議室に案内された。ちらちらと社長を見る目が、どこか熱い。

確かに、天羽伊予里は魅力的な男ではある。イケメンだし、うさんくささも、いいアクセントだ——ひとでなしだということを除けば。

「こちらです」

女性が開けてくれたドアを潜ると、視線がざくざくと突き刺さった。

用意された机の脇にトートバッグを置き、作ってきた資料とプロジェクター、それにスマホを出す。

ケーブルを接続しながら、部屋の様子を確認する。

やっぱり参加者は少ない。

コンペの選定に参加するにはプレゼンを聞くことが条件だと聞いているから、参加しなかった人たちは、今ここにいる人たちに結果を一任しているということだ。

十人ほどの参加者の中に、長光さんと、碧さん、それに大古猫の珠美さんがいることに、めぐりは胸を撫で下ろした。

市場の精肉店と鮮魚店の二人はいない。彼らが珠美さんの決めたことに逆らえないというのは、本当のようだ。意見を言えないのなら参加する意味はないということなのだろう。

他は、そもそもこの企画を依頼してきた商店会長さんに、あとはそれぞれの店主だろう。

めぐりは作った資料を一部ずつ、彼らに配って回った。

「……がんばって」

長光さんの前に資料を置いたとき、こそりとそう励ましてくれ、めぐりは心強かった。

珠美さんは特に何も言ってはくれなかったけど、説明した企画内容に変更はない。

めぐりはプロジェクターのスイッチを入れ、スマホを操作して最初の画像をホワイトボードに映した。ぼんやりとしているけれど、ちゃんと見える。

「……皆さま、おはようございます。『10グーロウ』営業企画部長、此花めぐりと申します。これより、ご依頼いただきました、黒縄商店街活性化計画をご説明させていただきます」

長光さんが手を叩きそうになったのを、めぐりは眼で制した。

それはあまりにわざとらしい。

「企画名は――『猫活と、あやかし御朱印めぐりの商店街』です!」

☆

黒縄商店街には多くの猫がいるのだから、これを活かさない手はない。

昨今の猫ブームにあやかり、NPO法人と提携した週末の猫譲渡会を軸に、毎日でも猫と触れ合うことができることを謳って人を集める。

同時に、ここでしか貰うことのできない《あやかし御朱印》でも話題を作り、HPやSNSで告知、拡散することで、さらなる集客を目指す。

──と、そうしたことを、ホワイトボードに映した画像を交えて、めぐりはできるかぎり熱っぽく説明した。

正直、集客人数も猫の餌の売り上げも、あくまでも予想だ。実際にどうなるかは、蓋を開けてみなければわからない。

とはいえ、適当な数字を出したわけではない。副社長に手を貸してもらって、会社が手がけた過去の他のイベントの集客データなども参考に算定した、ちゃんとしたものだ。

絶対ではないけれど、参考資料としては十分な根拠がある。

「──以上です」

ふう、と息をつく。

ぱちぱちぱち、と、長光さんが拍手をしてくれた。他の人たちは何の熱もなく、ふうん、と呟いて資料を捲ったり、欠伸をしたりしていた。

結構、こんなものだ。

「何か、ご質問はございますか？」

めぐりの問いに手を上げたのは、商店会長だけだった。元よりこれは彼の依頼だ。他の人たちよりも、熱心なのは当然だろう。

「どうぞ」

「何をするかはわかったんですが……それで、実際、儲かるんですかね？」

直球だ！

「ええと……」

めぐりは言い淀んだ。売り上げがどうなるかなんて、それこそ未知数だ。店舗によって違うし、さすがに個別の予想までは立てていない。

「――儲かりますよ」

横から、社長がそうはっきりと言ってしまった。めぐりは焦って伊予里を見たが、その横顔には不敵さしか感じられなかった。

ほう、と会長の顔が輝く。他の商店主たちも、初めて身を乗り出した。

実に現金。

「商店街が賑わえば、それぞれの店舗には確実にチャンスが訪れます。目の前にお客さんがいるんです。それをつかめれば、儲からない道理がない」

ぱぱん、と社長は机を小気味よく叩いた。

「当社の企画は、あくまでも集客のためのもの。猫の譲渡会も、あやかし御朱印も、皆さんの利益を奪うものではありません。有名な店舗を呼び込めば、商店街の集客は上がるでしょう。しかしその人たちが、皆さんの店にお金を落としますかね？」

社長は、ぐるりと商店主たちを見回した。

言われてみればそうだよな、という呟きが聞こえた。もしかしたら競合相手は、当初、めぐりが考えたような、すでに有名な店の誘致（ゆうち）を提案したのかもしれない。

「我々の企画は、皆さんにチャンスをもたらすものです。それをどう生かすかは、皆さん次第。ああ、個別のご相談も承（うけたまわ）りますよ？　別料金となりますが」

にやりと社長は笑ったが、いやらしさは感じなかった。それは商店主たちも同様であった様子で、友好的な笑いが起こった。

伊予里はめぐりをちらりと見て、後ろに下がった。

「で、では、他にご質問はございますか？」

すると、今度は他の人の手が上がった。

「猫の管理はどうするの？　食べ残した餌（えさ）とか、糞（ふん）の掃除とかは？」

「NPO法人の方が常駐して、清掃などを行ってくれます。糞に関しては、猫のトイレを多数設置して、そこでするように躾（しつ）けます」

そんなことできるの？　と呟きが聞こえた。

できる。

大古猫がいてこその力業（ちからわざ）だけれど、彼女とその仲間たちが、化ける前の猫にも、しっかりとそのあたりを言い聞かせてくれることになっている。

「猫は賢いものねえ」

と、碧さんが蠱惑（こわく）的な声で言うと、多くの商店主は納得したようだ。

それと、とめぐりは続けた。

「猫たちには首輪をつけて、譲渡対象の猫だとわかるようにします。餌をもらえることで飢えからも解放されますから、市場の食べ物を狙うようなこともなくなると思います」

市場の店主たちがここにいないのは残念だけれど、伝わると思う。

「他にご質問はございますか？」

なかった。

「それでは、我々のご提案は以上です。ありがとうございました」

めぐりは深々と頭を下げた。

今度は長光さんだけではなく、何人もの人たちの拍手が聞こえた。めぐりは、ほっとして涙腺が緩みそうになり、すん、と小さく洟を啜った。

☆

その日はゆっくりとお風呂に入り、まめ君の作ってくれた『雪消飯』という、うどんみたいに切った湯豆腐に、粗めの大根おろしごはんを乗せて薄めの出汁をかけた、ちょっと変わった料理を食べ、就職祝いに貰ったとっておきの梅酒を呑んだ。

そして、ぐっすりと眠った。

☆

「コンペの結果は、当日、電話でお知らせしますので」

プレゼンが終わった後で、商店会長さんからそう告げられてから、二日。

今日がそのコンペ当日である。

めぐりは、午後に入ってからずっと、自分のデスクでそわそわと落ち着かなかった。

連絡は会社の代表番号にかかってくることになっている。めぐりのスマホの番号は教えていないので、そっちにかかってくることはない。

スマホの時計は、午後三時十五分。コンペは一応、三時で終わると聞いていたから、そろそろかかってきてもおかしくはない。

社長は、と見ると、気にならないのか、いつもと同じに机に足を投げ出して、分厚い鳥類図鑑を眺めている。

古予里(こより)は今日は外出している。何かの会合があるらしい。宇貝さんはいつもと同じ。キーボードを楽器のようにカタカタと打ったり、書類を触れずに捲ったりしている。

ちか、と着信を知らせるランプが音が鳴るよりも早く光った。プル、と最初の音と同時に受話器を取り、

「テ、『10グーロウ』です！」

思い切り食い気味に言ってしまった。

『ど、どうも……黒縄商店街の唐木（からき）です……』

会長さんを驚かせてしまった。

めぐりは小さく咳払い（せきばら）をして、背筋を伸ばした。別に向こうに見えるわけではないけれど、気持ちの問題で。

『先ほど、コンペが終わりまして、今回は――』

めぐりは固唾（かたず）を呑んだ。喉（のど）が鳴ってしまったのが聞こえていませんように、と思いながら、言葉の続きを待つ。

『――そちらにお願いしようと思います』

びりびりっとした震えが、背骨を駆け上って頭の天辺（てっぺん）に抜けた。まず間違いないと言われていても、すごく嬉しかった。

「ありがとうございます！」

あまり大声にならないようにしなきゃ、と思っても、喜びは声に溢（あふ）れてしまった。

今後の打ち合わせの日程などを簡単に確認して、電話を切った。ちゃんとした詳しい予定はあとでメールとファックスで送る。

「やりました、社長！」

立ち上がり、彼にそう報告すると、

「よくやった、此花めぐり」

分厚い本をばたんと閉じて、珍しく直球で褒めてくれた。

うれしい。

さっきの、びりびりきたみたいな感じとは違う熱さが、指の先にまで走った。やった、と、どうだ、が入り混じった誇らしさが胸に広がる。

「だが、本番はこれからだぞ？　コンペには勝った。次はそいつを実現しなくちゃならん。やることは山積みだ。できるか？」

「もちろんです！」

「じゃあ、やれ。……初日はいつだ？」

「先方の要望通り、月末に間に合わせます。秋に生まれた仔猫が、ちょうどとても可愛い頃です。ホームページも立ち上げて、ＳＮＳでもすぐに拡散を始めます」

「猫の餌と首輪の手配は？」

「当たりはついてます。ＮＰＯから紹介してもらった所と、商店街の予算内に収まるよう、値段の交渉に入ります」

「見積もりが出たら、宇貝に見せろ。彼女なら、見ただけで何もかも見抜く」

宇貝さんが、キーボードを叩きながら大きく頷いた。

わたしもできます、と言いかけて、めぐりは呑み込んだ。手柄を取られるわけではない。よりプロフェッショナルな彼女に、サポートしてもらうだけだ。

「はい、お願いします！」

「わたしを痩せさせないでね？」

今日の彼女は、まるまるとしている。いま、会社の資金繰りはとてもいいということだ。間違っても、彼女が細くなるような事態にはならないようにしなくては。

そう思うと、身が引き締まる。

「はい！」

さあ、本当に大変なのはここからだ。

交渉相手は、人だけじゃない。まずは正式に動くことを皆に連絡して、きちんとスケジュールを組まなくては。

「此花めぐり。ホウレンソウだけは怠るなよ？」

報告。連絡。相談――社会人の基本。

肩書きは部長だけれども、ちゃんとした権限があるわけじゃないことはわかってる。独りよがりは、しくじりの因だ。

妖怪が相手の場合は、なおさら気をつけなければ。

人の理屈が通る相手ではないし、基本的に、人は、からかい、いたずらの対象だから、そのあたりもよくよく言い含めなくてはならない。

最終的には、社長に睨みを利かせてもらうことになるのだけれど、そこに至るまでのこまごまとしたことは、こちらで済ませておく必要がある。

大きくひとつ深呼吸をして、めぐりは愛用の膨らんだ手帳を取り出し、ホルダーからペンを外して、スイッチを入れるみたいに、かちりと芯を押し出した。

☆

その後の半月は、正確な記憶がはっきりしないほど、忙しかった。

成人の日を過ぎると、頼んでいたものが次から次へと怒濤のように上がってきた。そうすると打ち合わせも増え、社内にいることはほとんどなくなった。

去年買ったサイドゴアブーツのヒールも、ずいぶん斜めに削れてしまった。お気に入りだったし、結構高かったので、仕事用に履いたことを少し後悔した。

けれど、その甲斐はあった。

一月最後の週の土曜日、第一回の譲渡会が行われる『猫活とあやかし御朱印めぐりの商店街』の船出の準備は整った。

明日はいよいよ、初日です！

11

「今日はいつになく気合いが入ってるね」

エプロンで濡れた手を拭きながら、まめ君がそう言うのを背中に聞きながら、めぐりはお気に入りのラウンドトゥのパンプスを履いた。

当然。

今日は、イベント初日なのだから。

服装は、ケーブルニットにデニム、その上にカーキのノーカラーのダウンコートを羽織り、アイボリーのストールを顎が隠れるくらいまでぐるぐると巻いている。

鞄もいつものトートではなくショルダーで、完全にオフのいでたちだ。

イベントの主催はあくまでも商店街で、今後は彼らだけで回していかなくてはならない。

なので、初回から任せることになっていた。

めぐりは一般客として参加し、何かあったときには対処する、という役割だった。

とはいえ、これが初めてのメインの仕事。

「……よし」

自分に気合いを入れる。まめ君がいつものようにカチカチと打ってくれる火打石の音が、気持ちのギアを上げてくれる。

お腹も温かい。

今日の朝食は、卵焼きサンドイッチならぬ、焼き卵豆腐（木綿）のサンドイッチと、高野豆腐をクルトンの代わりに使ったコンソメスープだった。

ヘルシー、おいしい。

「じゃあ、行ってきます」

振り返ると、微笑むまめ君と目が合った。

それが妖怪でも、こうやって見送ってもらえると心強い。家に誰かがいると思うと、出かけるとき、背中がぽかぽかして、寒くない。

「頑張って、めぐり」

「うん！」

めぐりは、まかせて、とぐっと拳を握ってみせた。

☆

た。

「おー、中々盛況じゃねえか」

商店街を行きかう人々を眺めた社長の声が上機嫌だったので、めぐりは胸を撫で下ろした。

良かった。

混雑はしていないけれど、賑わってはいる。

譲渡会が始まるのは一時間後だけれども、それは手続きの話で、スタッフはすでに来て、アーケードのあちこちに立っている。

猫たちは自由に過ごし、人々は自由に触れ合うことができるようになっている。

首輪には番号のタグがついていて、お迎えしたい猫がいたらその番号をスタッフに伝える。

スタッフはその猫を連れてきて、希望者との初対面での相性を見る。

そこをクリアしたら、希望者の家の環境などを聞き、後日、スタッフが猫を連れていき、中告に偽りがなければ、二週間のトライアルに入る。

猫もだけれど、人のほうにも相性があるから、どちらかが一方的に気に入っただけでは、譲渡とはならない。

大古猫の珠美さんたち、猫又たちが見張っているから、猫は勝手にアーケードから出ていくことはないが、無理に人に媚びさせたりはしていない。

　だから嫌だと思ったら、猫はシャーと威嚇もするし、しつこい相手には猫パンチも見舞う。爪は切ってあるから怪我をすることはないけれど、不思議とパンチを喰らった人は、でれでれと嬉しそうだった。

「今日と明日、様子を見て問題がなかったら、うちの仕事は終わりだな。あとはここの連中に任せて、のちのことは人間どもの努力次第だ」

「お店を出してくれた妖怪さんたちのアフターケアも、しなくていいんですか？」

「必要ねえ。連中も商売だ。儲からないとわかったら、出ていくさ。まあ、契約で半年は駄目だけどな。その後は勝手だ」

《小豆洗い》の和菓子店の他にも、《化け狸》が蕎麦店を出す予定になっている。全体的にインスタ映えはしないけれど、人気が出れば流行のお店も自然と集まるだろう。

　そうすれば、シャッターの下りている店舗も減って、活気が戻るはず。

　とはいえ、妖怪たちは誰もがお店をやっているわけではないから、今後、妖怪御朱印を増やしたいという要望があった場合は、御朱印だけを押すスタンドみたいな型式の提案もしていくのがいいかもしれない。

「じゃあ、俺は大古猫に挨拶だけして、社に戻るわ。……一人で大丈夫だな？」

「はい。もしも何かあれば、すぐに連絡入れます」

「よし、任せた」

ぶん、と腕を大きく一振りして、社長はするすると人の間に紛(まぎ)れてしまった。彼は背が高いのに、めぐりがすぐに見失ってしまったのは、妖怪の力で姿を隠したのだろう。

社長は、パッと見にはちょっと怖い感じがするし、その体格から、かなり人目を引く。ここで、悪目立ちしたくなかったのかもしれない。

めぐりも様子を見て回るため、その場を離れた。といっても本当に見て回るだけで、何かすることがあるわけではない。

妖怪と人の間で何かトラブルが起きれば別だけれども、それ以外は、商店街の方で処理をする。でなければ引き渡せない。

雑貨店で猫のおやつを自腹でひとつ買うと。すぐに三毛猫が一匹寄ってきて、足の間をするりと体を擦(す)って抜けた。

振り返って、にゃあ、と甘えた声で鳴く。可愛い。めぐりはしゃがむと、その三毛に、おやつを食べさせた。

食べ終わると、小さな舌がざらりと掌(てのひら)を嘗(な)めて、ちょっと痛かった。

☆

「やっほー、来てやったぞー」

まめ君お手製のお弁当（メインのおかずは冷めてもおいしい豆腐カツ）を食べ終えて、ベンチで食後の温かいお茶を飲んでいためぐりは、聞き覚えのある声にそちらを向いた。

「あれ？　どうしたの」

亜貴、孝実、百合の三人だった。

三人とも、完全防寒の冬仕様。亜貴はベージュのダッフルコート、孝実はアッシュグレーのファー付きコクーンコートで、百合はオリーブ色のノーカラーコート姿。足元もしっかりブーツで冷えないようにしている。

「ネットで見て、わざわざ来てあげたのよ。誰もいなかったら可哀相だから」

感謝してよね、と言わんばかりの亜貴の横で、孝実が嘆息する。

「御朱印が欲しいからでしょ？　それを恩着せがましく」

「いやいや、もちろん御朱印は欲しかったけど、応援に来たのも事実だから。それに、ちょっと会ってみたかったしねー」

「誰に？」

わたしではないだろう、とめぐりは首を傾げた。

「めぐりのとこの、人でなしの社長さん。話を聞いてると、鬼畜だけど、なんだかイケてる匂いがしてさー。来てる？　どこ？」

「あー……亜貴には悪いけど、もう帰っちゃったよ」

「ええ？　なあんだ……見たかったのになあ」

　あからさまに唇を尖らせる。

　確かに伊予里は、設定の年のわりにはおじさんぽくはないかもしれないが、イケてるかどうかはわからなかった。端から人でないとわかっていたので、そんなふうに見たことがない。

「わたしもちょっと見てみたかった」

　と孝実も。

　百合は――違うだろう。恋愛についての話は、まったく聞いたことがない。二人に誘われて特に用事もなかったから来た、というところだと思う。

「にしても、意外に賑わってるねー」

　社長のことはもういいのか、亜貴は商店街をぐるりと見回して、そう言った。

「正直、もっと閑散としてるかと思った」

「本当」と孝実。「ていうか、この猫ちゃんたち、どうやって躾けたの？　普通、野良猫ってこんなに人懐っこくなくない？」

「躾けたわけじゃなくて、元々、商店街の人に可愛がってもらってたからみたい」

　嘘は言っていない。大古猫の珠美さんだって、商店街の人ではある。

「これなら、貰われる子も多そうね」

百合の足元にするりとやってきた三毛猫を、彼女は腋の下に手を入れて持ち上げる。猫は後ろ肢立ちになって、お腹のルーズスキンの分、驚くほど胴が伸びる。

すぐに放してやると、三毛猫はぷるぷるっと体を震わせて、他の人のところへとくねくねと立てた尻尾を振りながら行ってしまう。

「一匹どう？」

めぐりがそう勧めると、百合は肩を竦めた。

「うちはもう、三匹面倒見てるから」

「わたしんとこは、ペット不可だしなー……」

孝実が残念そうに言う。

「うちも犬がいるし」

と亜貴。

残念だけれども、仕方がない。

かくいうめぐりの住むマンションも、ペットは不可だ。こっそり室内犬を飼っている人もいるけれど、決まりは決まり。

まめ君が日中話し相手が欲しいのなら、ちょっと考えなくもないけれど、たぶんＮＰＯの審査に通らないだろう。

動物を飼うというのは、簡単なことじゃないのだ。特に、犬や猫といった、それなりに大きな動物は。

「ところで御朱印は？　もう貰った？」

「うん——ほら」

亜貴が御朱印帳をショルダーバッグから取り出し、開いて見せてくれた。

一つは、猫の足型の朱印で、左右に同じ朱でしゃっしゃっと髭が描かれ、墨でその上に『猫又』と記されている。日付も入っていて、本格的だ。

二つ目は、ハサミの形の朱印で、重なるように墨で『髪切り』と書かれている。

そして三つ目には、二つに割って餡がこぼれた鯛焼きの図柄の朱印で、『小豆洗い』と墨書きされていた。

本来《小豆洗い》の紋は、小豆が一粒なのだけれど、それだとさすがに地味なので、こちらで図案を考えて判子を作り、そこに小さな小豆の紋を加えてもらっている。

「本来の御朱印とは違うけど、これはこれで面白いよね。この『小豆洗い』の御朱印とか、鯛だから、おめでたい感じがするし」

よし、とめぐりは胸の内で拳を握った。そう思ってほしくて、図柄を考えたのだ。

「まあ正直、御利益とかは期待してないけど、スタンプ感覚の遊びとしてはありだよね」

大事そうに御朱印帳をしまう亜貴を脇目に百合は、とくに不快そうではなかった。

めぐりの視線に気づいたのか、

「遊びだとわかっているなら、こういうのも構わないとわたしは思うけど」

と言ってくれた。

「けど、快(こころよ)く思わない人もいるとは思う」

「気にしない気にしない」

亜貴が言う。

「何かとコラボしたり、お城が出したりもしてるんだから。嫌ならその人が貰わなければいいだけなんだし」

百合も頷(うなず)く。

「そもそも論を言ったら、納経せずに貰うな、ってことになるしね」

「そ。――あ、わたしは一応、お寺と神社は分けてます。なのでここの御朱印を貰うために新しく御朱印帳も買いました。いやー。いままで寺社以外は範疇外(はんちゅうがい)だったんだけど、これからはイベント系のも集めてみようかな」

嬉しそうだ。

亜貴のこの顔を見れただけでも、妖怪御朱印を企画した甲斐があった。

「けど、こういう御朱印って、一度貰えばもう十分だって思うんじゃない？　リピーターはどうやって作るの？」

まるで審査みたいな感じで、孝実が訊(き)いてきた。さすがは信金の融資(ゆうし)課。

「一応、季節ごとで追加の判子を押してもらうとか、そういうことは考えてるよ。でも、リピーターは、猫好きの人たちに期待してる。引き取るつもりがなくても、ただ会いに来てくれればいいし、それで猫のごはんを買ってくれれば、商店街の人の利益になるし、NPOの資金にもなるから」

「なるほどなるほど。人が増えれば、新しくお店を出そうって人も現れるだろうし、うまくいけば、ウィンウィンってわけだ」

孝実は蟹(かに)のように立てた二本の指を、にぎにぎと動かした。

本当にそうなるといい。

初めて本格的に任された仕事だということもあるけれど、人に体を擦りつけたり抱かれたりする猫たちを見ると、これが今日だけの賑わいではなくて、幸せになってほしいと思う。

こんな時思い出すのは、潰(つぶ)れた店の廃材の中で、誰にも見つけられずにぽつんと座っていたまめ君の寂(さび)しそうな姿。

まめ君が今、どう思っているかはわからないけれど、めぐりはよかったと思っている。助かっている。主に食生活の面で。

「他に、何か気になる点とかあった?」

「そうだなあ……」

孝実が首を捻る。

「気になるってことじゃないけど、会計間違われた」

「そう！」

それな、というように亜貴が指を立てる。

「どういうこと？」

「さっき、和菓子店でどらやき買ったんだけど、三個しか買ってないのに、四個分の代金を請求されたのよ」

「そうね。ちょっともめた」

と百合。

「向こうは間違いなく一人ひとつずつ、四つ渡したって言うから、わたしたちが四人に見えるのか、って」

うむ、と孝実が頷く。

「どう数えたって三人なんだから、向こうも納得したけど、あれはちょっとイラっとした」

「そうなんだ……ごめん」

和菓子――小豆洗いの店だろうか。

「あんたが謝ることじゃないでしょ。……ま、初日だし。不慣れだったんでしょ。気にしない気にしない」

三人はそう言って笑ってくれて、めぐりはほっとした。

「ところで、めぐりは、まだここに詰めてなきゃならないの？」

そう亜貴が言った。

「わたしたち、これからどっかでお茶して、それから歌いに行こうかと思ってるんだけど」

「あー……ごめん。さすがに今日は終了までいないと」

譲渡会は午後四時まで。

その後で、カラオケだけ合流するという手もあるけれど、一応、会社に報告を入れなければならないし、内容によっては戻る必要があるかもしれない。

「そっかー、残念」

「楽しんできて」

「まかせて」

ふふん、と笑って、亜貴はなぜかピースサインをした。

そんな友人たちを見送って、めぐりは、さて、と呟いて立ち上がった。今の話、ただの間違いだろうとは思うけれど、一応、確かめておきたい。

ひょっとすると、妖怪の仕業ということもあるかもしれないから。

悪戯は連中の性だ。

☆

「いや、そりゃあねえよ」

めぐりの話を聞いた和菓子店の主（あるじ）――腰の曲がった手足の細い老人姿の妖怪、小豆洗いは、大きな目玉をぎょろりと動かして、はっきりとそう言った。

「さすがに他の妖怪がいたら、気づくわ。今日は初日だし、忙しいからな。小僧が数え間違えたんだろ」

「そうですか……」

同じ妖怪がそう言うのだから、そうなのだろう。万が一のことを考えて、話を聞きに来ただけだから、違うなら違うで、その方がいい。

お邪魔しました、と言って、めぐりは店を出た。

足元を、するりと猫がすり抜けていった。

かわいい。

小豆洗いが言ったように、店の前には初日にもかかわらず、少し行列ができている。

常設の店の他にも屋台が少し出ているが、そこにも同じようにお客さんが集まっているから、トラブルがゼロというわけにはいかないのだろう。

――このぐらいのトラブルなら、商店街で対処できるか。そうでないと困るし。

そう思い、元のベンチのところへ戻ろうとしたとき。

「は⁉　何言ってんの？　なあ、わたしたちが四人に見える⁉」

そんな声が響いて、めぐりは慌てて声がした場所を探した。

すぐにわかった。

めぐりは緊張で体を固くした。

少し離れた場所にあるチュロスの屋台で、店主を三人の女の子たちが睨みつけている。

私服だからはっきりとはわからないけれど、高校生くらいだろうか？

「うちらは三人！　チュロスも三つ！　なんで四つ分の金を払わなきゃならないんだよ！

おかしいじゃんか⁉」

「いやでも、確かに四つめを渡したし……」

「だから！　そいつはどこにいるんだよ！」

そうだそうだ、と他の二人もはやしたてる。

「それは……」

バイトで雇われたのだろう。大学生っぽい店主は、完全に押されてしまって、目が泳いでいる。唇に浮かんだ笑みが引き攣っている。

確かにちょっとした騒ぎだけれども、ままあること——和菓子店でのことがなければ。

めぐりが一瞬固まるほど緊張したのは、騒ぎの原因がわかったからだった。

確かに、四人目の女の子はいない。

どこにも。

だけど、彼は嘘を言っていない。確かに、四つ目を渡したのだ。

ただしそれは、女の子ではない。

彼が四つ目のチュロスを渡したのは、着物姿の禿頭（はげあたま）の老人だ。背がとても低く、後頭部がぐうっと背中の方に飛び出している。

誰も、彼を気に留めていない。

否（いな）、見えていない。

めぐりにはわかった。あれは人じゃない。妖怪だ。だから他の人たちには見えていないし、誰も気がつかない。

それどころか、同じ妖怪にも気づかせなかった。

老人はチュロスをしゃぶるように食べながら、草履（ぞうり）をぱたぱたと鳴らして屋台を離れた。

猫たちが、彼の行く先からぱっと逃げる。見えていない人たちは、急に猫たちが走りだしたので驚いている。

（どうしよう……）

めぐりは、動きあぐねた。

迂闊（うかつ）に妖怪に関（かか）わるな、と社長からはくどいくらい言われている。小鬼のように危険なやつらもいる。だけど、鬼などに比べれば、あの老人は話が通じそうな気もする。

頭の形は変わっているけれど、きちんとした身なりだし、子供みたいにチュロスをしゃぶっている様子は、あまり危険そうに見えない。

ただの悪戯なら話せばやめてくれるかもしれないし、物を売ったり買ったりするということを、ただ理解していないだけかもしれない。

(それに、社員証もあるし)

結局それが、めぐりの心を決めさせた。あの老人が悪いモノであったとしても、鴉天狗(からすてんぐ)の護符(ごふ)を破れるほど強いとは思えない。

よし、と気合いを入れて、めぐりは自分にしか見えていない老人を追いかけた。

老人は器用に人の間をすり抜けて、見た目に反した速さで進んでいく。見失わないように追いかけるのは骨が折れた。

そのうちに、老人は店舗と店舗の間の路地にするりと入った。めぐりは迷うことなく追いかけて、大古猫の家へと続く路地と同じくらいの幅のそこへ、足を踏み入れた。

こちらに気づいていないのか、誰も自分が見えないことに油断しているのか、老人は振り返りもせずに路地をずんずんと進む。

エアコンの室外機が唸(うな)り、剥(む)き出しの配管からは水が滴(したた)っていて、晴れているのに足元は悪い。夏の雨上がりの排水溝みたいな臭(にお)いがする。

（……なんか、変じゃない？）

追いかけながら、めぐりは、肌着の下でじわりと嫌な汗が滲（にじ）むのを感じた。

この路地は、長すぎる。

足を緩（ゆる）め、振り返った途端、どくん、と心臓が跳ねた。

——入り口がない。

路地は真っ直ぐにどこまでも続いていて、入ってきたはずの路地の入り口は見えなかった。

「——こりゃ、めずらしい」

すぐ近くでした声に、めぐりは驚いて振り返った。

ほとんど目の前に、禿頭の老人が立っていた。

思わずたたらを踏んで下がり、転ぶ寸前でなんとか配管をつかんで、それを堪（こら）えた。

「この時代、儂（わし）を見ることのできる人間がいようとは。その眼は、いつ授かった？　いつぞやどこぞで、神にでも出遭（でお）うたか？」

やばい、と本能が告げていた。言葉は通じても、話が通じる相手じゃない、と。

めぐりはバッグを肩から下ろした。手を突っ込み、素早くまさぐり、直後、はっきりと血の気が引くのがわかった。

——社員証がない！

今日は、いつものトートじゃなかった。仕事用ではなく、プライベートのバッグ。いちいち中身を丸ごと入れ替えたりしない。ネックホルダーごと、トートの中だ！

「どうした？　顔色が悪いようじゃが？」

老人は、皺の間に埋もれるほど細い目をさらに細めて、にやにやと笑った。

「その眼がなければ、気づかなかったものを……因果よのう。ここから出られるなどと、思わぬことじゃ。路地のように見えても、ここは、この世とあの世を繋ぐ一本道、黄泉平坂よ。一度足を踏み入れたら、あとは黄泉への一方通行じゃ」

「あなた……何？」

震える声で、めぐりは、それだけをなんとか言った。

よもつひらさか、とか、よみ、とかは何のことかわからない。ただ、簡単には逃げられそうにもない、ということだけは、わかった。

老人は、にやりと笑った。めくれ上がった唇の間から、たぶん、木でできている入れ歯が覗いた。鳥肌が立つ光景だった。

「……儂は、ぬらりひょん、と呼ばれておる。聞いたことがあるじゃろう？」

下手に怒らせたくはない。

なかった――けれど、首を振るのは躊躇われた。

「恐ろしくて口がきけぬか？　そうであろうのう。そうであろう」

皺深い咽喉が、くつくつと動く。勝手に良い方に解釈してくれたらしい。

「儂を、東妖怪の総領、などと呼ぶ者もおるからのう。ここの猫又が、何もせぬわけがわかったであろう？　所詮は猫よ」

一笑い漏らし、ぬらりひょん、は唇を引き結んだ。皺の奥に瞳が冷たい光を宿す。めぐりは皮の下の奥底の何かを覗き込まれる心地に、ぶるぶると体が震え出すのを、どうすることもできなかった。

「さて……おぬしじゃが、人の身でわしを見た以上、このままというわけにはいかぬ。頭から喰ろうて、存在ごとこの世から消してくれよう」

めぐりは震えて鳴ってうるさい奥歯を噛み締め、スマホを取り出した。社長に連絡――と思ったのだが、圏外だった。

「愚かな。救いの手なんぞ、誰も伸ばせぬ。すべての東妖怪の頂に立つ儂に関わったのが、ぬしの運の尽きよ！」

ぬははは、とぬらりひょんが笑い、入れ歯の奥の真っ黒な咽喉が丸見えになった。その深淵はどこか別のところへ繋がっている気がした。想像もできないようなどこかに。

逃げなくちゃ、と思ったが、足は一ミリも動かなかった。

「た、たす――」

けて、と叫ぼうとしたけれど、震えるばかりで声は喉に詰まって出てこなかった。

「ぬははは！　もっと怯えるがよい！　心地よきかな、心地よきかな！　妖怪総領の儂の威厳の前には何者も——」

「——妖怪総領ねえ」

その声は落ち着いて静かなのに、辺りの空気が震え、建物が揺れた。

ぬらりひょんが、ぎょっとしたように振り仰ぐ。

めぐりの視線もそれを追う。

「おまえ、いつからそんな御大層なもんになったんだ？」

カカカ、と嗤う。

(社長!?)

とくん、と心臓が大きく打った。

そんな。

まさか。

こんなタイミングで!?

とくん、とくん、と鼓動が速くなる。恐怖が朝霧のように消えていく。

めぐりは、胸の前でぎゅっと手を握り合わせた。

幻——なんかじゃない。

いつもの少しくたびれたブラックスーツに、同じ黒のトレンチコートを袖を通さずに肩にかけ、建物と建物の間に渡されたたるんだ電線の上に、一昔前の不良がコンビニの前でよくしていたという、ヤンキー座りをして、こっちを見下ろしているのは、天羽伊予里！

　ひとでなしの社長！

「げえ⁉　天羽坊⁉」

　ぬらりひょんはそんなふうに社長を呼び、皺に埋もれていた目を剝いた。

　直後、ぐるんと踵を返して逃げ出す。

　けれど、その行方を遮るように灰色の塊が空から落ちてきて、風を巻いて音もなく路地に着地した。ぶわ、と埃が舞い上がる。同時に広がったグレーのトレンチコートは、翼のようにも見えた。

「――逃がしませんよ」

（副社長！）

　天羽古予里が優雅な所作で立ち、腰に手を当てて不敵に微笑んだ。

　ふたたび、ぬらりひょんはめぐりを向いた。

　こちらの方が逃げられる可能性がまだしもあると思ったのだろう。だが、その希望を打ち砕くように、伊予里が落ちてきて、背中を向けてめぐりの前に仁王立ちになった。

「此花めぐりぃ！」

　けれど、社長がまず呼んだのは、めぐりだった。

反射的に背筋がピンと伸びる。いつものふざけた調子ではなく、本気で少し怒っているのが声の感じでわかったから。

でも――どうしてだろう、ちょっと嬉しい。

「何考えてんだ、てめえは！　護符も持たずにのこのこと！　馬鹿か！　ここの連中と、信を結べたなんぞと勘違いしてんじゃねえぞ？　てめえのところの豆腐小僧は、例外中の例外だ！　髪切りや猫又どもがてめえに手を出さねえのは、この天羽坊の護符のおかげだってことを忘れんな！」

返す言葉もなかった。

なかったけれども、何故か緩みそうになる頬を頑張って引き締めた。

ばれたらもっと叱られる。

こほんこほんと咳き込む振りをして、気持ちを落ち着かせる。

「……け、けど、社長……どうしてここに――？」

ふん、と伊予里は鼻を鳴らした。

「さっき、大古猫の珠美が知らせてよこしたんだよ。どうやら猫どもの目を通して事情を知ったらしい。ったく、借りをひとつ作っちまった。面倒なこった」

妖怪同士の貸し借りがどういう意味を持つのか、めぐりにはわからなかったけれど、ありがたく、そして申し訳ない気持ちになった。

「さて、と、だ」

社長は仁王立ちのまま腕を組み、いまやすっかり怯えて縮こまった老人を睨みつけた。

「本を糺しゃあ、てめえがくそせこい悪戯をしたせいだよなあ！　ええ⁉」

「ひい！」

「東妖怪の総領？　ぬらりひょんってのは、いつからそんな大層な化物になったんだ？　俺の記憶じゃあ、てめえはせいぜい盗み食いを働く程度の小物だったはずなんだがなあ？」

老妖怪は、さっきより明らかに縮んで、子供くらいの大きさになっていた。ちょっとだけ、哀れに思ってしまうほどに。

「それは人間のせいだよ、兄さん」

ゆらりと陽炎が動くみたいに、どこかおぼろげに古予里が近づいてきて、ぬらりひょんのすぐ向こうに立った。

「石燕がこれに《ぬらりひょん》の名を与え、その後、近代の戯作者たちが僕らを題材に創作をする中で、正体不明のこれを、妖怪の総領に位置づけた。もちろん、そんな肩書きは僕らには通用しない。けれど若い妖や、めぐりちゃんみたいな《視える》人間には、脅しの道具として使える」

「えっと……じゃあ、嘘、なんですか？」

ああ、と社長が背を向けたまま答えてくれた。

「こいつは妖怪総領なんかじゃねえし、ここは黄泉平坂でもねえ。ただの路地だ。脅すだけ脅して追い払うつもりだったんだろうよ」

「え？　じゃあ、この人は、なんなんですか……？」

「座敷童って知ってるか？」

「ええと……いっしょに遊ぶことができたら運が開ける妖怪、でしたっけ？」

そんなＴＶ番組を見たことがある。

「当たらずとも遠からず、かな」

古予里が、ふふ、と笑った。

「それもひとつの側面ではあるけど、もとは住み着いた家に繁栄をもたらす妖なんだ。本来は子供の姿をしていて、子供たちが遊んでいるとその輪に交じったりする。けれど、大人には見えないから、おやつやお小遣いが配られると、どうしても足りない。どう考えても一人多いのだけれど、子供たちにも、それが誰なのか、わからない。その正体のわからない一人が、座敷童なんだ」

「はあ……」

と、返事をしたものの、めぐりの中では、それがこの老人とどう繋がるのか、まだ見えてこなかった。

するると、にぶい、と言わんばかりに社長が肩を下げて溜息をついた。

「わからないか、此花めぐり？　こいつのやったことを考えろ。似てると思わねえか？　座敷童の逸話に」

「――あ」

言われてみればそうだ。

この妖が、お客さんに紛れて飲食をするから、会計が一人分多いことになる。大人には見えないから、お菓子の数が足りなくなる。座敷童とは逆だけれども、似ている。

「こいつは、因るべき座敷を失った座敷童だ。爺と成り果て、童の時とは因果が逆転し、他人にたかり、せこい不運を撒き散らす化物に成り果てた。哀れと思わねえことはねえが、放置すりゃあ、我が社の信用にも関わる。この俺に、猫に借りを作らせた償いもしてもらわなけりゃ腹の虫がおさまらねえ！」

ぶん、と社長が大きく右腕を振ると、風が渦を巻き、その手に巨大な扇が出現した。人の手の形をした葉のような。

「飯綱三郎より受け継ぎしこの大団扇！　貴様ごとき木っ端妖怪なんぞ、ただの一扇ぎ！　たちまち塵となり芥と化して三千世界から消え失せよう！　覚悟せい！」

「ひいい！」

老妖怪は哀れに、これ以上はないくらい哀れに、禿げた頭を抱えて震え上がった。

少し、可哀相に思えてしまった。

「あのう……」

　おずおずと、めぐりは社長の背中に声をかけた。

「なんだ、此花めぐり」

「この人は、座敷を失くしたからこうなったんですか？」

「そうだ」

「じゃあ……もう一度どこかの家に憑くことはできないんですか？」

　ぴくり、と社長の肩が上がる。

「……誰かが、こいつを招きゃあな。けど、そんな奇特なやつは――」

「ここはどうですか？」

　社長が振り向いた。こんなにびっくりした顔を、初めて見た。

　きょとん顔、ちょっと可愛い。

「この商店街の座敷童になってもらえたら、もっと賑やかになって、これを手掛けたうちの評判も上がるんじゃないですか？」

　ううむ、と唸って、社長は唇を撫でるように弄った。

　考えている。

　ただの思い付きだったのだけれど、即座に駄目と言わないということは、可能性があるということだ。

めぐりは後押しを頼むべく、ちらりと古予里に目をやった。

了解、というように彼は片目を瞑ってみせた。

「いいんじゃないかな、兄さん。それに、このご時勢、座敷を失った座敷童は少なくない。これがうまくいけば、彼らに家を斡旋するっていう、新しい商売になるかも」

ふうむ、とちょっと社長の声音が変わった。

「……珠美の婆さんに、話を通さねえとな」

(よし！)

めぐりは心の中で、ぐっと拳を握った。

社長は扇をどこかへ仕舞うと、ぬらりひょんを睨んだ。

「婆さんが承知したらてめえに、黒縄商店街に座敷を用意してやる。悪戯は控えて励めよ？」

「は、はい！」

するとどうだろう。そう答えたぬらりひょんは、いつの間にか老人ではなく、おかっぱ頭の可愛らしい男の子の姿に変わっていた。

「おいら、頑張ります！」

めでたしめでたし——。

「——此花めぐりぃ」

「は、はい！」

ぐるん、と社長の頭が鳥みたいに後ろを向いた。

「おめえは、このあと説教だからな！　覚悟しとけ！」

「はい！」

「……なに、にやにやしてんだ？」

「え？　し、してませんよ！」

めぐりは両手で自分の頬を挟み込むようにして、否定した——けれども。知らないうちに、にやけていたんだろうか。

伊予里は、ふん、と鼻を鳴らし、右腕を大きく横へ振るようにした。コートが翻ったかと思うと、それは巨大な漆黒の翼へと変わった。

「ったく」

その巨翼に抱かれるように包まれ、めぐりは闇の中できゅっと体を固くした。

けれども、恐ろしくはなかった。

「……帰るぞ」

いつもと違う、どこか羽毛のように柔らかい声に、はい、と答えて、めぐりは強張っていた肩の力を抜いた。

12

「かんぱーい！」

黒縄商店街活性化イベントの成功を祝っての打ち上げは、いつもの神田多町の個室居酒屋『ぼくぼく』で開かれた。店の一番奥の座敷が指定席。

社長の贔屓の店だけれども、妖怪がやっているわけではない。

会社から近くて、個室があって、料理がおいしいので、めぐりが入社する前から宴会といえばこの店なのだ。

打ち上げ以外でもめぐりは、残業の後で夕食を食べに来ることもあった。最近は、まめ君が用意してくれるから、大概まっすぐ帰るので、久しぶりの来店だったけれども。

日本酒はすべて純米。梅酒はチョーヤのみ。焼酎は麦と芋だけ。ワイン、ウイスキー、ブランデーなんかはない。全部、店主が呑んで気に入ったものだけ置いているとのこと。

料理は無国籍と言っているけれど、和食ベースだ。

とにかく、何でもおいしい。

『10グーロウ』の宴会は、個々人が好きなものを勝手に注文して、欲しければ摘むといったスタイルなので、テーブルの上は無秩序に料理が並んでいる。

めぐりもめずらしく梅酒をロックで三杯も呑んでしまって、ちょっといい心地だった。

社長には護符(ごふ)のことで怒られたけれど、副社長がまあまあと取り成してくれたし、めぐりの提案で商店街は新たに座敷童(ざしきわらし)を迎えられたので、小言で済んだ。

それにしても——あの時の伊予里(いより)は、格好良かった。あんなにタイミングよく助けに現れてくれるなんて、反則だ。

……ちょっと、ときめいてしまったのは秘密。

ともあれ、すべては丸く収まった。あのあとはトラブルらしいトラブルも起きていない。ほぼ一人で成し遂(と)げた初の仕事としては、及第点だと思う。

なので。

「——社長。約束、覚えてますよね？」

めぐりは、伊予里の方へ少し身を乗り出した。

膝(ひざ)を立てた格好で、日本酒をちびりちびりと呑んでいた伊予里は、すこしうるさそうな眼でめぐりを見た。

「なんだっけ」

「ボーナスですよ、ボーナス！　願いをひとつ、叶(かな)えてくれるって言いましたよね？」

「……おう、言ったな」

「本当ですか？　本当に叶えてくれるんですか？」

「おう、叶えてやるぜ。何がいい？　何が願いだ？」

「そうですねえ」

　くく、とめぐりは笑った。自分でもちょっと酔っているとわかっているけれど、楽しい気分だったので自制しようという考えにはならなかった。

「普通の生活がしてみたい！」

「普通？」

「そうですよ？　この《視(み)える》体質のせいで、苦労してきたんですから。まあ、今はこうして就職できたからいいんですけど、他にも大変だったこと、たくさんあったし」

「ふうん」

「他人事(ひとごと)ですね！　まあ、他人事ですもんね。そもそも、人じゃないし」

　うまいこと言ったかも、とめぐりはほくそ笑んだ。やっぱり酔ってる。不意にもよおして、よいしょ、と立ち上がった。

「ちょっと、失礼しまーす」

　ふわふわした心地で、座敷を出てトイレに行った。

　ここでトイレの神様を見たことはない。いないのか、隠れているのかはわからないけれど、繁盛はしているようだから、まだ姿を見せてくれていないだけな気がする。

用を足し、部屋に戻って襖（ふすま）を開けためぐりは、

「あれ？」

と思わず声に出してしまった。

誰もいない。

座敷はからっぽだった。料理もお酒もまだ残っているけれど、いなくなっていた。

「……ひっど」

人がトイレに行っている間に帰るとか、さすがは妖（あやかし）、ひとでなし。これで会計もしてなかったら憤慨（ふんがい）ものだ。

まあ、妖怪のすることにいちいち目くじらを立てていたら、やっていけない。

めぐりは壁にかけてあったコートを着て、トートを肩にかけて、誰もいない席に向かって、

「お先じゃないけど、お先に失礼しまーす」

と言って、座敷をあとにした。

店主に止められなかったから、さすがに会計は済ませておいてくれたのだろう。社長がそう提案したとしても、さすがにいたずらが過ぎるからと、古予里（こより）が払ってくれたのかもしれない。

外に出ると、寒風が肌に突き刺さった。

めぐりは襟元（えりもと）をつかんで合わせ、小走りで地下鉄の入り口へと急いだ。

☆

（あれ？）

家に帰ると、先に休んでいるのか、まめ君のお出迎えはなかった。部屋は電気も点（つ）いていたし、微（かす）かに暖かかったけれど、姿は見えなかった。

とはいえ、それほど気にはならなかった。

遅くなると言ってあったし、ごはんもいらないと伝えてあった。夜は器物に戻って眠るのが普通だ。

だから、メイクを落としてシャワーを浴び、スキンケアを忘れずにやって、いい気分で眠りについた。

おかしい、と思ったのは、翌朝。

目が覚めたのは、空気の冷たさ。いつもなら暖まっている家の中は冷え冷えとして、まめ君の料理を作る音も、いい匂（にお）いもしなかった。

ムートンのスリッパを履（は）くのももどかしく部屋を出ると、彼の姿はどこにもなかった。

棚を見れば、まめ君そのものである豆腐の木枠はそこにあって、めぐりはほっとした。

「まめ君、どうしたの？」

そう話しかけてはみたが、何の返事も反応も返ってはこなかった。突いても、さすっても器物のままで、いつもの笑顔を見せてはくれなかった。

さすがにこれはおかしい、と思った。

同時に、ちりちりと焼けるような焦りが起こり、不安が込み上げてきて、息が詰まりそうになった。

（どうしてっ……？）

めぐりは原因になりそうなことを思い出そうとしたが、何も浮かばなかった。昨日は、いつものように送り出してくれて、変わったことは何もなかった。

留守の間に、何かあったのだろうか？

だとしても、めぐりには何もわからなかった。この部屋に監視カメラなんかないし、他の怪しげな妖怪の気配もしない。

それどころか、まめ君の気配自体感じない。

付喪神になった器物が、ただの道具に戻ってしまうことがあるのか、めぐりは知らなかった。

震える手でググってみたけれど、検索には引っかからなかった。

だけど、手はある。

「……待ってて、まめ君。原因がわかりそうな人に心当たりがあるから！」

聞こえているかわからないけれど、めぐりはそう告げ、朝食もとらずに急いで家を出た。

妖怪のことは妖怪に。

社長なら、副社長なら、何かわかるかもしれない。ううん、わかるに決まってる。

地下鉄は信じられないくらい混んでいたけれど、苦にはならなかった。そんなこと、気にもならなかった。

焦っているせいなのか、奇妙に現実感が薄かった。世界に色が薄い。空気が薄い。何かが欠けてしまっている気がする。

見慣れた景色のはずなのに、どこか違和感がある。まるで知らない土地に来てしまったかのような。

そんな気持ちのまま、めぐりは他の人々に揉まれるようになりながら電車を降り、急流に流される小枝のみたいに改札を出て、階段を上がって地上へ出た。

外はよく晴れていた。

腹立たしい。

めぐりは、寒風が頬を斬り裂くみたいに撫でるのを耐えつつ、信号が変わるのをもどかしく待って、四車線の道路を渡った。

のだけれども。

「……嘘……」

あるはずのものが、そこになかった。

会社が！

消えてしまった！

大人が一人ようやく通れるくらいの狭い路地があるだけ。両側の建物は、確かに昨日までうちの会社のビルを挟むように建っていたビルだ。

まるで初めから存在していなかったみたいに、なにもない。

めぐりはしばらく、呆然とその路地を見つめることしかできなかった。頭が追いつかない。何がなんだかわからない。

（落ち着け……落ち着け、わたし……）

吸って、吐く。

ゆっくりと。

大丈夫。いままでも、似たようなことはあったじゃないか。連中の悪戯は、今に始まったことじゃない。

今回は、ちょっとどころじゃなく大掛かりで質が悪いというだけだ。

……けど、誰が？

どこかで、何かに目をつけられたのだろうか？　でも、そうだとしたら、社長が気づかないなんてことがあるだろうか？

（ない気がする……）

となると、目をつけられたのは昨日の飲み会のあとということになるけれど、いくら思い返してみても、それらしい出来事はなかった――気がする。

ほろ酔い気味だったから、気づかなかった？

どこかで付喪神を蹴っ飛ばしたとか、とんでもない妖怪の結界を破ってしまったとか、そういうことでもあった？

（……駄目だ、思い出せない）

痛いほど、唇を噛み締めた。

――めぐり、コーヒー。

不意に、まめ君の声が聞こえた。本当に聞こえたわけじゃない。思い出の声だ。

だけど、少しだけ落ち着いた。

コーヒーは、めぐりにとっては儀式だ。普段も普通に飲むけれど、ここぞという時には豆を挽（ひ）いて飲む。

きっと今のは、まめ君のアドバイスだ。

よし、と小さく気合いを入れて、めぐりは踵（きびす）を返した。

どこかでコーヒーを飲もう。そうすれば、きっといい知恵が浮かぶ。朝の九時前でも、開いている店はある。この辺りは、コーヒーを買ってそのまま出社する人が少なくない。

めぐりは大通りを渡り、通り沿いのチェーンの喫茶店に入った。ここはテイクアウトもできるけれど、モーニングを食べに寄る人が多い店だ。

コートを脱いでソファ席に腰を落ち着ける。

――めぐり、ちゃんと食べないと駄目だよ?

家に来てすぐの頃に、めぐりの朝食を見て呆れたように言ったまめ君の声が蘇った。

(そうだよね、まめ君)

お腹が空いていては、頭も回らない。

めぐりは水を持ってきてくれたウエイトレスに、モーニングを頼んだ。コーヒー一杯の値段で、厚切りトーストが半分と、ゆで卵が一個ついてくる。ここのコーヒーは、大きめのマグカップでたっぷりと楽しめる。

ウエイトレスが行ってしまうのを待って、めぐりは冷えた水を飲んだ。

とん、とコップを置いたとき、

「……あ」

と声がした。

それが自分に向けられたものだと、めぐりは疑わなかった。

声のした方を向くと、少し猫背で新聞を手に席に戻ろうとしている男の人と目が合った。

見覚えがある。『ぼくぼく』の店主だ。

「どーも」

ぺこり、と向こうが頭を下げたので、めぐりも座ったまま会釈をした。

「昨日、大丈夫でしたか？」

「え？」

「いえ、先に帰られたから体調を崩されたのかな、と思ったので……」

「先にって……社長たちの方が先に帰りましたよね？」

めぐりがそう言うと、店主は首を振った。

「いいえ、社長さんたちはいつも通り閉店まで呑んでらっしゃいましたよ？」

「え――？」

めぐりは言葉に詰まって、目を瞬くことしかできなかった。

――社長たちは、いた？

店主は、何かいけないことを言ってしまったのかな、というふうな、どこか気まずげな表情になって、それじゃあ、と頭を下げて、そそくさと自分の席に戻ってしまった。

めぐりは訊き返すこともできなかった。

（ど、どういうこと？）

昨夜、トイレから戻った時、社長たちは確かにいなかった。だから、帰ったのだ。

なのに、店主はめぐりが先に帰ったと言う。

（わたしだけが、社長たちのことが見えてなかった……？）

席を立つまでは、そんなことはなかった。普通に喋っていた。戻ってきたら、急に見えなくなっていたなんて、どうして？

席を立つ前に何があったか、何を話したか、めぐりは記憶を手繰った。

（あっ――）

心臓が、どくん、と跳ねた。

思い出した。

ボーナス――ボーナスだ！

めぐりの願い。それは《普通》の生活がしたいということ。物心ついた時から妖怪に悩まされていためぐりは、確かにそれを願っていた。

普通とはつまり、この眼――妖怪が《視える》体質を治すということ。

きっと社長はそれを叶えたのだ。人がトイレに立っているその間に。

だから、社長たちが自分だけには見えなかった。

だから、まめ君も見えなくなった。

彼が人に化けられなくなったのも、そのせいだ。付喪神としてはまだ未熟なまめ君は、めぐりがその存在を認識しなければ、実体化できない。

見つけた夜と同じみたいに、ひとりぼっちだ。それは幽霊と同じだ。

幽霊だから、暖房もつけられない。

幽霊だから、料理だってできない。

だけど、きっと見えないだけで、まめ君はあの部屋にいる。ひとりぼっちで膝を抱えて、きっとあそこにいる。

（社長のひとでなし！）

怒りが込み上げてきて、めぐりは呻いた。妖怪なのだから人じゃないのは当たり前なのだけれど、そう怒鳴ってやりたかった。

願ったのは自分だとはいえ、叶ったらどうなるかくらい、教えてくれてもいいじゃないか。まめ君と暮らしていることは、当然、知っているのだから。

それに、だ。

もうひとつ、大切なことがある。

怒りで頭が冴えてきたら、そっちも見過ごせなくなった。

それは、仕事のこと。

社長たちだけでなく、会社そのものが認識できないのだから、出社も適わない。いきなり無職に逆戻りしたのとおなじだ。

いやいや、これで妖怪に余計な邪魔をされないで、普通の会社に就職できるチャンスがやってきた！　――などと、考えられるわけがない。

せっかく黒縄商店街の仕事をやり遂げたのに、なかったことになるなんて冗談じゃない。

これが《普通》の生活だっていうなら、こんなのは、わたしの《普通》じゃない。

「――お待たせしました」

モーニングが運ばれてきて、めぐりはものすごい勢いでそれを平らげた。

火傷しそうになりながら、喉を鳴らしてコーヒーを飲み干し、伝票を手に席を立った。

腹はあっけなく括れた。悩むことすらしなかった。

「ありがとうございました――」

そんな声を背に店を出て、めぐりは再び会社へ向かった。

通りを渡ると、そこには相変わらず路地しかなかったけれど、自分に見えていないだけだ、ともうわかっていた。

すう、と大きく息を吸う。

「社長ーっ！」

吠えた。

ぎょっとしたように通行人が振り向く。

「そこにいるんですよね!?　確かに、わたしは願いましたけど！　本当に、人並みの生活をしてみたいと思ってましたけど！　こんなんじゃない！」

野次馬の視線が、刺さる。

だが、構うものか。

「それに、どうしてくれるんですか！　わたし、また無職ですか⁉　いきなりすぎます！解雇するなら三十日前に通告する必要があるんですよ⁉　労基に訴えますよ！」

風が、吹いた。

――うちは妖怪の会社だぞ？　人間の法律に縛られると思うか？

（来た！）

肉声ではないけれど、間違いようもない伊予里の声が、頭に直接届いた。

「だったら、他の誰かに訴えます！　こっちは見えなくても、そっちからは見えてるんですよね⁉　黒縄商店街に行って、大古猫の珠美さんとかにまくしたてます！　うるさくてうるさくて社長に苦情が行くくらいに！」

――ったく。

溜息が聞こえた。

――普通になりてえと、ずっとそう願ってきたんじゃないのか？　これからは一切、気配も感じず、生きていけるんだぜ？　豆腐小僧のことなら気にすることはねえ。あと十年もすりゃあ、一人前に付喪神にならあな。気がかりだってんなら、小僧の本体を持ってこい。俺が預かってやる。そうすりゃあ一人にはならねえ。

「でも、わたしはまた無職ですよ！　苦労して正社員になったのに！」

——今度はちゃんと、人間の会社に入りゃあいいだろうが。

「結果を出したのに、うやむやで解雇されるなんて納得できません！　理不尽です！」

——わけわかんねえなあ。

ごうっと風が吹いて、めぐりは思わず目を閉じた。切りつけるみたいな冬風が過ぎて、ゆっくりと目を開けると、社長が路地の前に立っていた。

「……俺は願いを叶えたんだぜ？　何が不満だ？」

「どうなるかくらい、叶える前に説明してください！」

「聞いてどうなるってんだよ。いいか？　おまえは普通じゃねえ。そのおまえが普通になりたいってんなら、俺たちの世界と完全に切り離す以外にはねえ。半端はねえんだよ」

めぐりは、ごくりと唾を飲み込んだ。

ここがきっと、分水嶺だ。

けれどもう、めぐりに躊躇いはなかった。

「だったら、普通じゃなくていいです」

社長の片方の眉が、ぴん、と上がる。

「……本気か？」

「はい！　社長たちやまめ君が見えなくなって、電車に揺られてここへ来て、お店に入ってモーニングを食べて……それで、思っちゃったんです――これは普通じゃない、って。なんか、半分しか本当じゃない、って」

「そんなもん、そのうち慣れるだろ？」

「慣れません！　わたし、物心ついたころから社長たちがいる世界で生きてきたんですよ？　それがなくなるってことは、わたしの世界の半分が消えちゃうのも同じです。そんなのが普通なわけがないです」

「あのなあ、此花（このはな）めぐり」

ゆっくりと、噛んで含めるように言う。

「よく考えろ。願いを叶えてやれるのは一度きりだ。元に戻したら、二度はないぞ？」

「構いません。わたしの《普通》に戻るだけですから」

社長は大きな溜息をついた。

「……ったく、馬鹿だなおまえは」

ばさっと大きな音を立てて、社長の背中で恐ろしく大きな漆黒（しっこく）の翼が広がった。それが優しく温かく、めぐりを包む。

暗闇の中で、不思議と天羽（あもう）伊予里の瞳だけは、はっきりと見えた。

「本当にいいんだな？　これからもずっと、おまえは人と妖の間に、黄泉平坂（よもつひらさか）に立つことになるんだぞ？」

「これまでもずっと立っていたんだから、大丈夫です」

「わかったよ。……だったら俺は、おまえがその短い一生を終えるまでの間くらい、おまえを目の端にでも引っ掛けておいてやろうさ」

嵐のように風を巻いて、翼が大きく開かれた。冬の陽射しが目に痛いほど眩しい。そうして社長の後ろには、昨日までと同じく、古めかしいビルが建っていた。

「遅刻だぞ、此花めぐり」

「今日は大目に見てください」

ふ、と笑って、社長は踵を返した。

自分勝手な、ひとでなし。

だけど、悪い妖ではない。そう思う。

「春に向けての新企画を三本考えろ、此花——営業企画部長」

「はい！」

トートバッグを担ぎなおし、めぐりは大きく足を踏み出した。自分の意志で決めた、昨日までと同じ、だけど新しい一歩を。


もちろんその夜、家に帰っためぐりを、まめ君が、腕によりをかけた豆腐尽くしのフルコースと共に出迎えてくれたのは、言うまでもないことだ。

☆

後日談。

大古猫の珠美さんの許しを得て、ぬらりひょんは商店街の一角に小さな社を造ってもらい、そこに祀られた。いまは黒縄商店街の座敷童として、暮らしている。

そのおかげかどうかはわからないけれど、しばらくして、ある評判が立つようになった。

『黒縄商店街の猫又御朱印を貰ったら、行方知れずになった猫が戻ってきた』

というものだ。

そんな効果があるんですか、と珠美さんに尋ねたが、

「さあねえ」

としか答えてもらえなかった。

なんにせよ、真偽はともかく、そのおかげで訪れる人はさらに増えた。

すると当然、空き店舗に店を出そうという人も現れて、商店街はますます賑やかになった。

　メディアにも取り上げられるようになると、猫を捨てていく不届き者も現れたけれど、もちろんそんな輩には珠美さんの罰が当たった。

猫たちも次々と良い人に貰われていき、結果的に、黒縄商店街全体では、猫の数は減った。

ほとんどがうまくいって、『10グーロウ』には同様の依頼が、コンペではなく指名で来るようにもなった。

そうして、宇貝(うかい)さんはとても太られたのだった。

※この作品はフィクションです。実在の人物・団体・事件などにはいっさい関係ありません。

集英社オレンジ文庫をお買い上げいただき、ありがとうございます。
ご意見・ご感想をお待ちしております。

●あて先
〒101-8050　東京都千代田区一ツ橋2-5-10
集英社オレンジ文庫編集部 気付
ゆうき　りん先生

うちの社長はひとでなし!
〜此花めぐりのあやかし営業〜

集英社
オレンジ文庫

2019年9月25日　第1刷発行

著　者　ゆうき　りん
発行者　北畠輝幸
発行所　株式会社集英社
〒101-8050東京都千代田区一ツ橋2-5-10
電話【編集部】03-3230-6352
【読者係】03-3230-6080
【販売部】03-3230-6393（書店専用）
印刷所　大日本印刷株式会社

※定価はカバーに表示してあります

ISBN 978-4-08-680276-5 C0193

集英社オレンジ文庫

乃村波緒

きみが逝くのをここで待ってる

～札駅西口、カラオケあまや～

ある事件以来、男の亡霊が傍を離れない
大学生の和仁。そんな彼が縁あって
働くことになったのは、生者の陽の気で
死者を「成仏」させる試みを行う
ふしぎなカラオケ店だった…。